君の名は。

新海 誠・作
ちーこ・挿絵

もくじ

第一章　夢 5

第二章　端緒 9

第三章　日々 43

第四章　探訪 107

第五章 記憶 147

第六章 再演 153

第七章 うつくしく、もがく 210

第八章 君の名は。 232

キャラクター紹介

★宮水三葉
山深い田舎町に暮らす高校二年生。
高校を卒業したら
東京に出たいと思っている。

★立花瀧
東京に住む高校二年生。
建築物に興味があり、司や高木と
カフェ巡りをしている。

★一葉
三葉と四葉の祖母。
先祖から続く、
宮水神社を守っている。

★四葉
三葉の妹。
自分をしっかり者だと
思っている。

★司&高木
瀧と同じ高校に通う友だち。

★サヤちん&テッシー
三葉と同じ高校に通う親友。

★奥寺先輩
瀧のバイト先の先輩。
瀧がひそかに想いを寄せている。

第一章

夢

懐かしい声と匂い、愛おしい光と温度。

私は大切なだれかと隙間なくぴったりとくっついている。分かちがたく結びついている。失ったものは未だひとつもなく、とても甘やかな気持ちが、じんじんと体に満ちている。

に抱かれた乳呑み児の頃のように、不安や寂しさなんてかけらもない。乳房

ふと、目が開く。

天井。

部屋、朝。

ひとり。

東京。

——そうか。

夢を見ていたんだ。私はベッドから身を起こす。

そのたった二秒ほどの間に、さっきまで私を包んでいたあたたかな一体感は消え失せている。

跡形もなく、余韻もなく。そのあまりの唐突さに、ほとんどなにを思う間もなく、涙がこぼれる。

朝、目が覚めるとなぜか泣いている。こういうことが私には、時々ある。

そして、見ていたはずの夢は、いつも思い出せない。

俺は涙をぬぐった右手を、じっと見る。人差し指にのった小さな水滴。ついさっきまでの夢も、

目尻を一瞬湿らせた涙も、もう乾いている。

とても大切なものが、かつて。

この手に。

──分からない。

俺はあきらめてベッドから降り、部屋を出て洗面所に向かう。顔を洗いながら、この水のぬる

さと味にかつて驚いたことがあったような気がして、じっと鏡を見る。

どこか不満げな顔が、俺を見返している。

6

私は鏡を見つめながら髪を結う。　春物のスーツに袖を通す。

俺はようやく慣れてきたネクタイを締め、スーツを着る。

私はアパートのドアを開け、

俺はマンションのドアを閉める。　目の前には、

ようやく見慣れてきた、東京の風景が私の前に広がっている。　かつて山々の峰の名を自然に覚えたように、今ではいくつかの高層ビルの名前を私は言えるようになっている。

俺は混み合った駅の改札を抜け、エスカレーターを降り、

通勤電車に、私は乗る。ドアに寄りかかり、流れていく風景を眺める。ビルの窓にも、車にも、歩道橋にも、街には人が溢れている。

ぼんやりとした花曇りの白い空。百人が乗った車輛、千人を運ぶ列車、その千本が流れる街。

気づけばいつものように、その街を眺めながら

私は、

だれかひとりを、ひとりだけを、探している。

俺は、

第二章

端緒

知らないベルの音だ。

まどろみの中でそう思った。目覚まし？　でも、俺はまだ眠いのだ。昨夜は絵を描くのに夢中になっていて、ベッドに入ったのは明け方だったのだ。

今度は、誰かに名を呼ばれている。女の声。……女？

「……くん。……たきくん」

「たきくん、瀧くん」

泣き出しそうに切実な声だ。遠い星の瞬きのような、寂しげに震える声。

「覚えて、ない？」

その声が不安げに俺に問う。でも、俺はお前なんて知らない。

突然電車が止まり、ドアが開く。そうだ、電車に乗っていたんだ。そう気づいた瞬間、俺は満

員の車輌に立っている。目の前に見開いた瞳がある。まっすぐに俺を見つめている少女、その制服姿が、降車の乗客に押されて俺から遠ざかっていく。

「名前は、みつは!」

少女はそう叫び、髪を結っていた紐をするりとほどき、差し出す。俺は思わず手を伸ばす。薄暗い電車に細く差し込んだ夕日みたいな、鮮やかなオレンジ色。人混みに体を突っこんで、俺はその色を強く掴む。

そこで、目が覚めた。

少女の声、その残響が、まだうっすらと鼓膜に残っている。

……名前は、みつは?

知らない名で、知らない女だった。なんだかすごく必死だった。涙がこぼれる寸前の瞳、見たことのない制服。まるで宇宙の運命を握っているかのような、シリアスで深刻な表情だった。

でもまあ、ただの夢だ。意味なんかない。気づけばもう、どんな顔だったかも思い出せない。鼓膜の残響もすでに消えている。

それでも。

10

それでも、俺の鼓動はまだ、異常に高鳴っている。奇妙に胸が重い。全身が汗ばんでいる。とりあえず、俺は息を深く吸う。

すーっ。

「……？」

風邪か？　鼻と喉に違和感がある。空気の通り道が、いつもよりもすこし細い。胸が、奇妙に重い。なんというか、物理的に重いのだ。俺は自分の体に目を落とす。そこには胸の谷間がある。

そこには胸の谷間がある。

「……？」

そのふくらみに朝日が反射し、白い肌が滑らかに光っている。ふたつの胸の間には、青く深い影が湖のようにたまっている。

触ってみるか。

俺はすとんとそう思う。

りんごが地上に落ちるみたいにほとんど普遍的に自動的に、そう思う。

……。

……。

……？

……！

俺は感動してしまう。おおお、と思う。なんなんだこれは。これってなんというか……女の体ってすげえな……。

「……お姉ちゃん、なにしとるの？」

ふと声の方向を見ると、小さな女の子が襖を開けて立っていた。俺は胸に手をあてたまま、素直な感想を言う。

「いや、すげえリアルだなあって……。え？」

あらためて少女を見る。まだ十歳くらいか、ツインテールでツリ目がちの、生意気そうな子どもだ。

「……お姉ちゃん？」

俺は自分を指さし、その子に問う。ていうことは、こいつは俺の妹か？　その子は呆れきったような表情で言う。

「なに寝ぼけとんの？　ご・は・ん！　早く来ない！」

ぴしゃり！　と叩きつけるように襖を閉められる。なんか凶暴そうな女児だなと思いながら、俺は布団から立ち上がる。そういえば腹も減っている。ふと、視界の隅の鏡台に目がとまる。畳

12

の上を何歩か歩き、鏡の前に立ってみる。緩いパジャマを肩からずらすと、それはばさりと床に落ち、俺は裸になる。鏡に映った全身を、じっと見つめる。

寝癖でところどころ飛び跳ねた、黒く長い水流みたいな髪。小さな丸顔に、もの問いたげな大きな瞳、どこか楽しげな形の唇、細い首と深い鎖骨、おかげさまで健康に育ちました！と主張しているかのような胸のふくらみ。うっすらと浮かぶ肋骨の影、そこから続く、柔らかな腰の曲線。

まだ俺は生で見たことはないけれど、これは間違いなく、女の体だ。

……女？

俺が、女？

13

突然に、それまでぼんやりと体を覆っていたまどろみが晴れわたる。頭が一気にクリアになって、一気に混乱する。

そしてたまらずに、俺は叫んだ。

*　　　　*　　　　*

「お姉ちゃん、おーそーいーー！」

引き戸を開けて居間に入ると、四葉の攻撃的な声色が飛んできた。

「明日は私が作るでね！」

ごめんの代わりに私はそう言う。この子はまだ乳歯も全部生え替わってない子どものくせに、姉よりも自分の方がしっかりしていると断じている節がある。謝罪などして弱みを見せてはいけないわ！ と思いつつ私はかぱんと炊飯器を開け、ぴかぴかした白飯を自分の茶碗に盛りつける。

あ、盛りすぎか？　まあいいか。

「いただきまーす」

つるりとした目玉焼きにソースをたっぷりかけて、ご飯と一緒に口に入れる。ああ、美味し

14

い。しあわせかも。……ん？　こめかみあたりになにやら視線が。

「……今日は、普通やなあ」

「え？」

気づけばお祖母ちゃんが、ご飯を噛む私をじっと見ている。

「昨日はヤバかったもんなぁ！」

と、四葉もにやにやと私を見る。

「突然悲鳴あげたりしてな」

悲鳴？　怪しげなものを検分するようなお祖母ちゃんの視線に、ばかにしている（に違いない）四葉のにやつき。

「え、なになに？　なんなんよ!?」

なんなのよ、二人そろって感じ悪い——

ピンポンパンポーン。

突如暴力的な音量で、鴨居に設置されたスピーカーが鳴る。

『皆さま、おはようございます』

その声は、親友のサヤちんのお姉さん（町役場・地域生活情報課勤務）である。ここ、糸守町

15

は人口千五百人のしょぼい小さな町だけに、大抵の人たちは知り合い、あるいは知り合いの知り合いなのだ。

『糸守町から、朝のお知らせです』

スピーカーから流れる言葉は、いともりまち・から・あさの・おしらせです、と文節を区切って、ゆっくりゆっくりと読み上げられる。スピーカーは町中の屋外にも設置されているから、放送は山々に反響して輪唱のように重なっていく。

毎日朝夕二回、かかさず町中に流される防災無線放送だ。町内のどの家にも必ず受信器があって、運動会の日程だとか雪かき当番の連絡とか、昨日は誰が産まれたとか今日は誰のお葬式だとか、そういう町のイベントを日々律儀にアナウンスしてくれるのだ。

『来月二十日に行われる、糸守町町長選挙について、町の、選挙管理委員会から——』

ぶつり。

鴨居のスピーカーが沈黙する。スピーカー本体には手が届かない故に、お祖母ちゃんがコンセントを抜いたのだ。八十歳を過ぎ、いつも古式ゆかしい着物姿でありつつも無言で怒りを表明するその行動。クールだわと思いつつ私はリモコンを手に取り、連係プレイのごとくテレビの電源を入れる。サヤちんお姉さんの声を引き継いで、NHKお姉さんがにこやかにしゃべり出す。

16

『千二百年に一度という彗星の来訪が、いよいよひと月後に迫っています。彗星は数日間にわたって肉眼でも観測できると見られており、世紀の天体ショーを目前に、JAXAをはじめとした世界中の研究機関は観測のための準備に追われています』

画面には『ティアマト彗星、一ヶ月後に肉眼でも』の文字と、ぼやけた彗星の映像。なんとなく会話は途切れ、NHKに混じって私たち女三人の食事の音だけが、授業中の密談みたいにひそかちゃかちゃと後ろめたげに鳴っている。

「……いいかげん、仲直りしないよ?」

唐突に、四葉が空気を読まない発言をする。

「大人の問題!」

ぴしゃりと、私は言う。そう、これは大人の問題なのだ。なにが町長選挙よ。ぴーひょろろ、と、なんだか間抜けな声色でどこかしらでトンビが鳴いた。

いってきまーす、と声を揃えてお祖母ちゃんに告げて、私と四葉は玄関を出た。

盛大に、夏の山鳥が鳴いている。

斜面沿いの狭いアスファルトを下り、いくつかの石垣の階段を降りると、山の影が切れてもろ

17

に直射日光が降りそそぐ。眼下にはまあるい湖、糸守湖。その凪いだ水面が、朝日を反射してびかーっと無遠慮に輝いている。深緑に連なった山々に、青い空に白い雲、隣には無意味にスキップなどしている赤ランドセルのツインテール幼女。そして私は、生足も眩しい女子高生。私は頭の中で、壮大なストリングスのBGMを流してみる。おお、日本映画のオープニングみたい。

ようするに日本的昭和的ど田舎に、私たちは住んでいる。

「みーつけー！」

と背中に声をかけられたのは、小学校の前で四葉と別れた後だった。自転車を漕ぐ不機嫌そうなテッシーと、その荷台にちょこんと腰掛けてにこにこ顔のサヤちんだ。「お前早く降りろ」ぶつぶつとテッシーが言っている。「いいにん、ケチ！」「重いんやさ」「失礼やな！」と、夫婦漫才のようなイチャコラを二人は朝から繰り広げる。

「あんたたち、仲いいなぁ」

「良くないわ！」

と二人がハモる。その真剣な否定っぷりがおかしくて、私はくすくすと笑ってしまう。軽快なギターソロなんかに、私の脳内BGMは切り替わっている。私たち三人はもう十年来の親友である。小柄で前髪ぱっつん＆お下げ髪のサヤちんと、ひょろりとした長身で坊主頭がダサめのテッ

18

シー。二人はいつもいがみ合っているふうだけれど会話のテンポがぴったりで、実はお似合いなのではないかと私は密かに思っている。

「三葉、今日は髪、ちゃんとしとるな」

自転車から降りたサヤちんが、私の髪紐のあたりを触りながらにやにやと言う。私はいつもと同じ髪型をしている。左右の三つ編みをくるりと巻いて頭の後ろで髪紐で束ねる、ずっと昔にお母さんに教えてもらったまとめ方。

「え、髪？　なに？」

そういえば、朝食の時にうやむやになった会話を私は思い出す。今日はちゃんとしてるって、じゃあ昨日はおかしかったってこと？　昨日のことを思い出そうとすると、

「そうや、ちゃんと祖母ちゃんにお祓いしてもらったんか？」

とテッシーが心配顔を乗りだした。

「オハライ？」

「ありゃゼッタイ狐憑きやぜ！」

「はああ？」唐突な言葉に私は顔をしかめる。サヤちんが呆れたように代弁する。

「あんたはもう、なんでもオカルトにしんの！　きっと三葉はストレス溜まっとるんよ。な

19

あ?」

ストレス?

「え、ちょ、ちょっと、なんの話?」

どうして皆にそろって心配されてるの、私? 昨日は……とっさには思い出せないけれど、い

つもの一日だったはず。

——あれ?

本当に、そうだった?

『——そしてなによりも!』

　拡声器の野太い声が、私の疑問を消し去った。

　ビニールハウスの建ち並んだ向かい側、町営駐車場の無駄に広い敷地に、こんもりと一ダース

くらいの人だかりができている。その中心でマイクを持って立っているのは、ひときわ背が高く

堂々とした態度の、私の父だ。スーツの上半身にかけたたすきには、誇らしげに「現職・宮水と

しき」と書かれている。町長選の選挙演説なのだ。

『なによりも、集落再生事業の継続、そのための町の財政健全化! それが実現して初めて、安

全、安心な町作りができるのです。現職として、ここまで進めさせていただいてきた町作りを完

20

遂させたい、さらなる磨きをかけたい！　そして新たな情熱でこの地を導き、子どもからお年寄りまで、誰もが安心して活き活きと活躍できる地域社会を実現していきたい！　それが私の使命やと、決意を新たにしとります……』

その高圧的なほど堂に入った演説は、なんだかテレビで見る政治家の人みたいで、こんな畑に囲まれた駐車場と全然マッチしていない気がして、私は白々とした気持ちになる。どうせ今期も宮水さんで決まりやろ、だいぶ撒いてるみたいやしね、聴衆から聞こえてくるそんな囁き声も、私の気持ちをさらに暗くする。

「おう、宮水」

「……おはよう」

最悪。私に声をかけてきたのは、苦手なクラスメイト三人組だ。高校でも派手系イケてるヒエラルキーに属するこのヒトたちは、地味系カテゴリーに属する私たちにことあるごとにちくちくと嫌みを投げつけるのだ。

「町長と土建屋は」と一人が言って、わざとらしく、演説中の父に視線を向ける。見ると、父の横にはテッシーのお父さんが満面の笑みで立っている。自分の建設会社のジャケットを着て、腕には「宮水としき応援団」と書かれた腕章を巻いている。そこから私、それからテッシーに視線を回しながら、そいつは続ける。

「その子どもたちも癒着しとるな。それ、親の言いつけでつるんどるの？」

ばかみたい。私は返事をせず、足を速めてその場を去ろうとする。テッシーも無表情、サヤちんだけが困ったように落ち着かなげ。

「三葉！」

突然、大声が響いた。ひっと、息が止まりそうになる。信じられない。演説中だった父親が、マイクを下ろした地声で、私に向かって声を張り上げているのだ。聴衆も一斉に私を見る。

22

「三葉、胸張って歩かんか！」

　私は真っ赤になる。あまりの理不尽に、涙まで流してしまいそうになる。駆け出したくなるのを懸命にこらえて、大股でその場から遠ざかる。「うわ、きっつ」「身内にも厳しいなあ」「さすが町長やわ」というクラスメイトの半笑いが耳に届く。

　最悪。

　さっきまで鳴っていたBGMは、いつの間にか消えている。BGMなしのこの町は、ただただ息苦しいだけの場所だったと私は思い出す。

　カッカッカッ、と黒板が音をたてて、短歌らしきモノが書きつけられる。

　　誰そ彼と　われをな問ひそ　九月の　　露に濡れつつ　君待つわれそ

「誰そ彼、これが黄昏時の語源ね。黄昏時は分かるでしょう？」

ユキちゃん先生の澄んだ声がそう言って、黒板に大きく『誰そ彼』と書く。

「夕方、昼でも夜でもない時間。人の輪郭がぼやけて、彼が誰か分からなくなる時間。人ならざるものに出会うかもしれない時間。魔物や死者に出くわすから『逢魔が時』なんていう言葉もあるけれど、もっと古くは、『かれそ時』とか『かはたれ時』とか言ったそうです」

ユキちゃん先生は、今度は『彼誰そ』『彼は誰』と書く。なんだそりゃ、ダジャレ?

「はーい、センセイしつもーん。それって『カタワレ時』やないの?」

そう誰かが発言し、そうだよ、と私も思う。タソガレ時はもちろん分かるけど、夕方を指す言葉として子どもの頃から耳馴染みがあるのは『カタワレ時』だ。それを聞いて、ユキちゃん先生は柔らかく笑う。それにしても、こんな田舎の高校には不相応なくらい美人なのよねこの古典教師。

「それはこのあたりの方言じゃない? 糸守のお年寄りには万葉言葉が残ってるって聞くし」

ど田舎やからなあ、と男子が言って、くすくすと笑い声が上がる。 確かに、時々うちのお祖母ちゃんもそれ何語? 的な言葉使うかも。 一人称「ワシ」だし。そんなことを考えながらノートをめくると、まだ白紙のはずのページに大きな文字が書かれていた。

24

お前は　誰だ？

……え？

なにこれ？　周囲の音が、見覚えのない筆跡に吸い込まれるみたいにすーっと遠ざかる。

これ、私の字じゃない。ノートを誰かに貸したりなんかもしてないはず。え？　お前は誰だって、

どういうこと？

「……さん。　次、宮水さん！」

「あ、はい！」

私は慌てて立ち上がる。九十八ページから読んでくださいね、とユキちゃん先生が言って、私

の顔を見ながらおかしそうに付け足す。

「宮水さん、今日は自分の名前、覚えてるのね」

そしてクラス中がどっと笑う。　はああ？　なんなのよこれ、どういうこと？

「……覚えとらんの？」

「……うん」

「ほんとに?」

「うんってば」

そう答えて、ぢゅーっとバナナジュースをすすった。ごくん。おいし。サヤちんは不思議なモノを見るような目で私を見ている。

「……だってあった、昨日は自分の机もロッカーも忘れたって。髪はぼさぼさの寝癖で結んどらんし、制服のリボンもしとらんかったし、なんかずっと不機嫌やったし」

私はその姿を想像してみる。……え?

「えええ! うそ、ほんと!?」

「なんか、昨日の三葉、まるで記憶喪失みたいやったよ」

私は慌てて思い返してみる。……やっぱりおかしい。昨日のことが思い出せない。いや、切れぎれに覚えていることもある。

あれは……どこかの知らない街?

鏡に映った……男の子?

私は記憶をなんとか辿ろうとする。ぴーひょろろーと、茶化すようにトンビが鳴く。昼休み、私たちは校庭のすみっこで紙パックジュースを手にだべっている。

26

「うーん……なんか、ずっと変な夢を見とったような気がするんやけど……あれは、別のヒトの人生の、夢？　……うーん、よく覚えとらんなぁ……」

「……分かった！」

突然テッシーが大声を上げて、私はびくっとしてしまう。泡を飛ばす勢いで言う。

私たちの鼻先に突きつけ、

「それって、前世の記憶や！　いやそれは科学的やないとオマエらは言うやろうそうやろう、ならば言い方を変えてエヴェレットの多世界解釈に基づくマルチバースに無意識が接続したという説明は——」

「あんたは黙っとって」サヤちんがぴしりと叱りつけ、「あー、もしかしてあんたが私のノートに落書きを！」と私も叫ぶ。

「は？　落書き？」

あ、いや、違うか。テッシーはそういうツマラナイいたずらをするタイプじゃないし、動機もない。

「あ、ううん。なんでもない」と私は取り消す。

「は？　なんだよ落書きって。俺疑われとる？」

「なんでもないってば」

「うわ、ひでえ三葉！　サヤちん聞いたか、冤罪やエンザイ！　検察呼んでくれよ検察、いや呼ぶのは弁護士か？　おいこういう場合どっちゃっけ？」

「でも三葉、昨日はマジでちょっとヘンやったよ」と、テッシーの訴えを華麗に無視してサヤちんが言う。「もしかして、どっか体調悪いんやないの？」

「んー、おかしいなあ……ホントにストレスとかかなあ……」

私もあらためて、ここまでの数々の証言について考えてみる。テッシーはと言えば、何ごともなかったかのようにオカルト雑誌に再び夢中になっている。こういう引きずらないところが、彼の美点だ。

「そうや、きっとストレス！　三葉、最近そういうのいっぱいあるにん！」

そうなのだ。町長選は言うに及ばず、いよいよ今夜に迫ったあの儀式！　この小さな町で、なんだってよりによって私の父親は町長で、私のお祖母ちゃんは神社の神主なのだろう。　私は両膝に顔をうずめ、深々と嘆く。

「あーもう、私さっさと卒業して東京行きたいわぁ。この町狭すぎるし濃すぎるんやさ！」

分かる、とってもとってもよーく分かる！　とサヤちんもうんうんうなずいてくれる。

28

「うちなんか母子姉妹三連続で町内放送担当だもん。近所のおばちゃんたち、子どもの頃からずっと私を『放送のお嬢ちゃん』呼ばわりやし!? そして私はなぜか放送部所属やし! もう自分でもなにがしたいのか分からんわぁー」

「サヤちん、卒業したら一緒に出よう東京に! こんな町、大人になっても学校ヒエラルキーまんま持ち越しやよ! この因襲から自由にならな! ほらテッシー、あんたも一緒に行くんやろ?」

「んん?」テッシーはぼんやりとオカルト雑誌から顔を上げる。

「……あんた、話聞いとった?」

「あー……。俺は別に……普通にずっと、この町で暮らしてくんやと思うよ」

どはあああ、と私とサヤちんは深く溜息を吐く。こんなんだから女子にモテないのだ、こいつは。まあ私だって彼氏とかいたことないけれど。

そよ、と吹いた風の行き先に目をやると、眼下の糸守湖がいかにも無関心そうに平和に凪いでいた。

こんな町、本屋もないし歯医者もないし。電車は二時間に一本やしバスは一日に二本やし天気

予報は対象地域外やしグーグルマップの衛星写真は未だにモザイクやし。コンビニは九時に閉まるしそのくせ野菜の種とかハイグレード農機具とかは売ってるし。

学校からの帰り道、私とサヤちんの対糸守町・愚痴りモードはまだ続いている。

マックもモスもないくせにスナックは二軒もあるし。ぐちぐちぐちぐち。普段はこういう町の過疎っぷりが逆にすがすがしくどこか誇らしく感じられたりもするのだけれど、今日の私たちは本気で絶望しているのだ。雇用はないし、嫁は来ないし、日照時間は短いし。ぐちぐちぐちぐち。

ぬぼーっと自転車を押しながら黙ってついてきていたテッシーが、ふいに苛ついたように声を上げた。

「お前らなあ！」

「……なにょ」と不機嫌な私たちに、ニヤリ、と不気味な笑みを浮かべるテッシー。

「そんなことより、カフェにでも寄ってかんか」

「え……」「な……」「な……！」

「カフェぇぇぇ!?」と、私たちは盛大にハモった。

がっちゃん！　という金属音が、ひぐらしの声色に溶けていく。ほらよ、とテッシーが自販機

30

から取り出した缶ジュースを差し出す。びーんという音を立てて、電動スクーターにまたがった畑帰りのおじいちゃんが目の前を通過し、通りすがりの野良犬が「俺も付き合ってやるか」という風情で座り込んであくびをした。

そのカフェは、あのカフェではなかった。つまりスタバとかタリーズとか、あるいはこの世のどこかにあるというパンケーキやベーグルやジェラートを供する夢空間でもなく、三十年くらい前のアイスクリーム看板が貼り付けられたベンチと自動販売機がぽつんとあるだけの、近所のバス停だった。三人並んでベンチに座り、ついでに野良犬も足元に座っていて、私たちは缶ジュースをちょびちょびと飲んでいる。テッシーにだまされたというよりも、まあそりゃそうか、という気持ちになる。

「じゃ、私先に帰るね」

今日は昨日より一度くらい気温が低いね、いや私は一度くらい高いと思う、そういう心底どうでもいい会話を缶ジュース一本分し終えてから、私は二人にそう伝えた。

「今晩がんばってな」とサヤちん。「後で見にいってやるでな」とテッシー。

「来なくていいよ！　ていうかゼッタイ来んな！」と釘を刺しつつ、私は内心で「恋人同士になれるようにがんばれ〜」と二人に向かって祈ってあげた。しばらく石段を登ってから振り返り、

夕焼け色の湖をバックにベンチに座っている二人に、リリカルなピアノ曲なんかをそっとかぶせてみる。うんうん、やっぱりお似合いやん。　私はこれから不幸な夜のお務めなんだけど、あなたたちだけはせめて若さを謳歌しなさいね。

「あーん、私もそっちがいいわぁ」

四葉が不満げな声を漏らす。

「四葉にはまだ早いわ」とお祖母ちゃん。

八畳ほどの作業部屋には、かちんかちんと、重り玉がぶつかる音が間断なく響いている。「糸の声を聞いてみない」と、作業の手を止めずにお祖母ちゃんは続ける。

「そうやってずーっと糸を巻いとるとな、じきに人と糸との間に感情が流れだすで」

「へ？　糸はしゃべらんもん」

「ワシたちの組紐にはなー──」と、四葉の抗議を無視してお祖母ちゃんは続ける。　私たち三人はそれぞれに着物姿で、今夜の儀式に使う紐作りの仕上げをしているのだ。　組紐、という古くから伝わる伝統工芸で、細い糸を組み合わせ一本の紐を組む。　完成した組紐には、様々な図柄が編み込まれたりしていてカラフルで可愛い。とはいえ作業にはそれなりの習熟が必要だから、四葉の

32

ぶんはお祖母ちゃんが担当。四葉は重り玉にひたすら糸を巻くというアシスタント作業をやらされている。
「ワシたちの組紐にはな、糸守千年の歴史が刻まれとる。まったくあんたらの学校も、元来はこういう町の歴史をまずは子どもに教えにゃいかんのに。ええか、今をさかのぼること二○○年前……」
また始まった、と私は小さく苦笑する。小さな頃からこの作業場で繰り返し聴かされてきた、お祖母ちゃん得意の口上だ。
「ぞうり屋の山崎繭五郎の風呂場から火が出て、このへんは一帯丸焼けとなってまった。お宮も古文書も皆焼け、これが俗に言う——」
お祖母ちゃんがちらりと私を見て、

『繭五郎の大火』

すらりと私は答える。うむ、と満足そうなお祖母ちゃん。「え、火事に名前ついとるの!?」と驚いた様子の四葉。マユゴローさん、こんなことで名前が残るなんてかわいそ、とぶつぶつ言っている。

「おかげで、ワシたちの組紐の文様が意味するところも、舞いの意味も解らんくなってまって、残ったのは形だけ。せやけど、意味は消えても、形は決して消しちゃあいかん。形に刻まれた意味は、いつか必ずまたよみがえる」

お祖母ちゃんの話には小唄のような独特の拍子がついていて、私は組紐を組みながら、同じ言葉を口の中で小さく諳んじる。形に刻まれた意味は、いつか必ずまたよみがえる。それがワシら宮水神社の——。

「それがワシら宮水神社の、大切なお役目。せやのに……」

それから、お祖母ちゃんの柔和な目が悲しげに伏せられる。

「せやのに、あのバカ息子は……。神職を捨て家を出ていくだけじゃ飽き足らんと、政治とはどもならん……」

お祖母ちゃんの溜息に忍ばせて、私も小さく息を吐く。この町が好きなのか嫌いなのか、どこ

か遠くに行きたいのかそれともずっと家族や友だちといたいのか、私は本当は自分でもよく分からない。鮮やかな色に組み上がった組紐を丸台から外すと、かたりと寂しげな音がした。

夜の神社から流れてくる大和笛の音は、例えば都会のヒトなんかからしたらちょっとしたホラーなんじゃないかなと私は思う。ナントカ村殺人事件とか、ナントカ家の一族とか、そういう不吉な出来事の舞台みたいなイメージで。そして私も、もうスケキヨでもジェイソンでもなんでもいいからいっそ殺してぇ楽にしてちょうだいーくらいの暗い気持ちで、さっきから巫女舞いを舞っている。

毎年この時期に行われる宮水神社の豊穣祭の主役は、不幸にして私たち姉妹である。この日にはぱりっとした巫女装束を着て、真っ赤な口紅を塗りじゃらじゃらした頭飾りまでつけて、神楽殿に立ち観衆の前に出て、お祖母ちゃんに仕込まれた舞いを舞う。火事で意味が失われたという、二人が対になった舞いだ。それぞれにカラフルな紐が下がった鈴を持って、しゃらんしゃらんと鳴らし、くるりくるりと回り、ふわりふわりと紐をなびかせる。さっき回った時には視界の隅にテッシーとサヤちんの姿も見えて、あいつらあれだけ言ったのに来やがって巫女パワーで呪って

35

やる、LINEの呪いスタンプ送りまくってやる、とさらに気持ちが落ち込んだ。とはいえ、嫌なのはこの舞いではないのだ。これはこれでちょっと恥ずかしくはあるけれど、子どもの頃からのことなのでまあすっかり慣れている。これじゃなくて、大人になるほど恥ずかしさがつのるあの儀式。この後しなければならないアレ。女子に対する辱めとしか思えないアレ。

あーもー、

やーだーよー！

とか思いつつ体を動かしていたら、すとんと舞いは終わってしまった。ああ。ついに。

もぐもぐもぐ。

もぐ。

もぐもぐもぐもぐ。

私はひたすら米を噛む。なるべくなにも考えないように、味も音も色も感じないように、目をつむってひたすらに噛む。隣では四葉も同じことをしている。私たちは並んで正座をしていて、それぞれの前には台に置かれた小さな升がある。そしてもちろんその先には、老若男女、私たちを見物している観衆がいる。

36

もぐもぐもぐ。

もぐもぐ。

ああ、もう。

もぐもぐもぐ。

そろそろ出さなくちゃ。

もぐもぐ。

ああ。

もぐ。

私はあきらめて、目の前の升を取る。口元まで持ってきて、せめてもと千早の裾で口元を隠す。

そして。ああ。

私は口をすぼめて、今まで噛んでいた米を升の中に吐き出す。それは唾液と混じって、どろりとした白い液体となって口から垂れる。ざわざわざわと、観衆がどよめいたような気がする。ええん。私は心の中で泣く。お願い、みんな見ないで―。

口噛み酒だ。

米を噛んで、唾液と混ざった状態で放置しておくだけで、発酵してアルコールになるという日

本最古のお酒。これを神さまに供えるのだ。昔は色々な地域で作られていたそうだけれど、二十一世紀になってまでこんなことを続けている神社が果たして他にあるのだろうか。ていうか巫女服でこれってマニアックすぎるわよいったい誰得!? とかぐずぐずと考えつつも、けなげな私はまたひと掴み米をつまみ、口に入れる。そしてまた噛む。四葉も涼しい顔で同じことをしている。

この小さな升がいっぱいになるまで、私たちはこれを繰り返さなければならない。だら～……つと、唾液と米を私はまた吐き出す。心の中でまたさめざめと泣く。

ふと、知った声が耳をかすめる。さざ波のような嫌な予感を感じつつ、私はすこしだけ視線を上げる。

――ああ。

思わず神社ごと爆破したくなる。やはりそこには、イケてる派手系クラスメイト三人組。にやにやと私を見つめて、なにやら楽しそうに話している。きゃ～あたしゼッタイ無理いとか、なんかヒワイ～とか、よく人前でやりよるよな嫁に行けんぜとか、距離的には聞こえるはずのない声までがくっきりと耳に届く気さえする。

卒業したら町を出て、遠くに行こう。

私は強くつよく決心をする。

「お姉ちゃん元気だしないよー。いいにん、学校のヒトに見られたくらい。だいたい、なにがそんなにショックなん?」

「思春期前のお子サマは気楽でええよな!」

私は四葉を睨みつける。私たち姉妹は今夜の締めくくりとして、お祭りを手伝ってくれた近所のおじさんおばさんたちとの宴会に出席した。お祖母ちゃんがホステスで、私と四葉はお酌や話し相手が役目だ。

豊穣祭の後、私たちはTシャツに着替え、社務所の玄関を出たところだ。

「三葉ちゃんいくつになったの? え、十七! そうかあ、こんな若くて可愛い子にお酌してもらっちゃあおじちゃん若返ってまうなあ」

「もうガンガン若返っちゃってくださいっ! ほらもっと飲んで飲んで!」

ほとんどヤケクソ気味に接待して、ぐったりと疲れ切り、子どもはそろそろ帰っていいからとようやく解放されたところなのだ。お祖母ちゃんたち大人は、まだ社務所で宴会継続中である。

「四葉、あんたさっきの社務所での平均年齢、知っとる?」

境内の参道はすっかり明かりが消えていて、涼しげな虫の音があたりいちめんに響いている。

39

「知らん。六十歳くらい?」

「私、台所で計算してみたの。七十八歳やよ、七十八歳!」

「ふうん」

「そしてうちらがいなくなった今、あの空間は九十一歳やよ! なんかもう大台やよ、人生最終ステージやよ、社務所ごと冥界からお迎えが来るかもやよ!」

「んん――……」

したがって早急にこの町から脱出すべきだと私は言いたいのだけれど、姉の必死の訴えにも、四葉の反応はそっけない。なにか別のことを考えている様子で、しょせんお子サマに姉の苦悩は伝わらないんだと、私はあきらめて空を見上げる。ぎらぎらと満天の星が、地上の人生とはいかにも関係なさそうに超越的に輝いている。

「……そうや!」

神社の長い石段を並んで降りている時に、突然に四葉が声を上げる。隠されていたケーキを見つけたみたいに得意げな表情で、四葉は言う。

「お姉ちゃん、いっそ口嚙み酒をいっぱい作ってさ、東京行きの資金にしたら!」

一瞬、私は言葉に詰まる。

40

「……あんたって、すっごい発想するな」

「生写真とメイキング動画とかつけてさ、『巫女の口噛み酒』って名前とかつけてさ！　きっと売れるわ！」

九歳でこの世界観、大丈夫かしらと心配になりつつ、四葉なりに私のことを心配してくれてたんだと思い至り、ああやっぱり可愛いなとちょっと愛おしくなる。よしいっちょ真面目に検討してみようかな口噛み酒ビジネス。……あれ、お酒って勝手に売っていいんだっけ？

「ねえ、どうお姉ちゃんこのアイデア？」

「うーん……」

うーん。やはり。

「やっぱダメ！　酒税法違反！」

あれ、そういう問題やっけと自分で思いつつ、気づけば私は駆け出している。いろんな出来事や感情や展望や疑問や絶望がないまぜになって、胸が爆発しそうになっている。一段飛ばしに階段を駆け下り、踊り場の鳥居の下で急ブレーキをかけ、喉いっぱいに夜の冷気を送り込む。胸の中のぐちゃぐちゃを、その空気でもって私は思いきり吐き出す。

「もうこんな町いややー！　こんな人生いややー！　来世は東京のイケメン男子にしてくださー

い!」

さーい。さーい。さーい。さーい……

夜の山にこだました私の願いは、眼下の糸守湖に吸い込まれるようにして消えていく。反射的に口にした言葉のあまりのくだらなさに、私の頭は汗と一緒にすーっと冷えていく。

ああ、それでも。

神さま、本当にいるならば。

どうか――。

神さまが本当にいるならば、それでもなにを願えば良いのか、私は自分でも分からないのだった。

第三章 日々

知らないベルの音だ。

まどろみの中でそう思った。目覚まし? でも、私はまだ眠いのだ。ていうかまだ寝てよう。

目をつむったまま、布団の脇に置いたはずのスマフォを手で探る。

あれ?

私はさらに手を伸ばす。もうウルサいなーこのアラーム。どこに置いたっけ……。

「——痛っ!」

どしん、と背中が思いきり床にぶつかる。どうやらベッドから落ちてしまったらしい。いてて……って、え? ベッド?

ようやく目を開けて、私は上半身を起こした。

あれ?

ぜんぜん知らない部屋。

に、私はいる。

私、昨日どこかに泊まったっけ?

「……どこ?」

と呟いたとたん、喉の妙な重さに気づく。反射的に手をやる。硬く尖った喉に、指が触れる。

「んん?」とふたたび漏らした声が、やけに低い。視線を体に落としてみる。

……ない。

見覚えのないTシャツはお腹まですとんとまっすぐに落ちていて、ない。

おっぱいが、ない。

そして、やけに見通しの良い下半身のその真ん中に、なにかがある。おっぱい不在の違和感を

覆すくらいの強烈な存在感を、それは放っている。

……これ、なに……?

そろりそろりと、私はその部分に手を伸ばしてみる。

……これって。……これって、もしかして部位的に。

……………………。

……。

手が触れる。

あやうく気を失いそうに、私はなる。

誰、この男?

知らない洗面所の鏡に映った知らない顔を、私はじっと見つめている。

眉にかかるくらいの、無造作と造作の6:4くらいを狙ったようなちょっとチャラい髪型。頑固そうな眉と、でもちょっとヒトの良さそうな大きめの瞳。保湿の概念とは無縁そうな荒れた唇、硬そうな首筋。すっと見晴らしの良い薄い頬の片

側にはなぜか大きな絆創膏が貼ってあって、恐るおそる触ってみると、鈍い痛みが走る。

——でも。痛いのに、目が覚めない。喉がからからに渇いている。それは不快にぬるくて、プールの水みたいに薬くさい。私は蛇口をひねって、両手に溜めた水道水を飲む。

「タキ、起きたかー?」

突然遠くから男性の声がして、きゃっ、と私は小さく悲鳴を上げてしまう。タキ?

「……お前、今日メシ当番だっただろ?　寝坊しやがって」

リビングらしき部屋をこわごわ覗くと、スーツ姿のおじさんがちらりと私を見て、すぐに視線を食器に戻しながらそう言った。

「す、すみません!」

反射的に謝ってしまう。

「俺、先に出るからな。味噌汁あるから、飲んじゃってくれ」

「あ、ハイ」

「遅刻でも、学校はちゃんと行けよ」

おじさんはそう言いながら手早く食器を重ねて小さな台所に下げ、入り口で固まっている私を

46

すり抜けて玄関まで行き靴を履き、ドアを開け、外に出て、ドアを閉めた。トンビがひと鳴きするくらいの、あっという間だった。

「……へんな夢」

と私は声に出してみる。あらためて部屋を見回す。壁中に、橋とかビルとか建築物の写真やデザイン画が貼ってある。床には雑誌や紙袋や段ボールが無造作に散らかっていて、まるで老舗旅館みたいにきっちりした宮水家（それはお祖母ちゃんのおかげだけれど）に比べると、なんだか無法地帯といった印象。間取りはずいぶん狭く、これはたぶんマンションの一室だ。私の夢にしては出典不明だけれど、ずいぶんリアリティがあるなあと感心してしまう。なにげにイマジネーション豊かなのね私。　将来美術系とかもアリかな。

ぴろりん！

まるでツッコミみたいなタイミングで、廊下の奥で着信音が響いた。ひっ、と息を呑み、私は慌ててベッドのあった部屋に駆け戻る。シーツの脇にスマフォが落ちていて、その画面には短いメッセージ。

もしかしてまだ家か？　走ってこい！　ツカサ

え、なになに？　誰よッカサって!?

とにかく学校に行かなきゃいかんのねと、私は部屋を見渡す。窓の脇に吊された男物の制服が目に留まり、手に取ったところで、さらなる緊急事態に私は気づく。

ああ、なんてことなの……!

……私、トイレに行きたい……。

どつはあぁぁぁー、と、私は全身が崩れ落ちるくらいのため息をつく。

男の体っていったいなんなの!?

なんとかトイレはクリアしたものの、怒りでまだ体が震えている。

あーん、私、まだ見たこともなかったのに！　はばかりながらこれでも巫女なのにー！

あまりの恥辱にぎゅっとうつむいて涙をこらえながら、いやこらえきれずに実際に何粒か涙をこぼしちゃいながら、制服に着替えた私はマンションのドアを開けた。とにかく出かけよう、と顔を上げる。

——すると。

　目を、奪われた。
　私は、眼前の風景に。
　息を呑んだ。
　私が立っているのは、たぶん高台にあるマンションの廊下。
　眼下には大きな公園のような緑が、たっぷりと広がっている。空は色むらのまったくない、鮮やかなセルリアンブルー。その青と緑の境目に、まるでとっておきの折り紙を丁寧に並べたみたいに、大小のビル群がずらりと並んでいる。その一つひとつには微細で精巧な窓が編み目のように刻印されていて、ある窓は青を映し、ある窓は緑に染まり、ある窓は朝日をきらきら

と反射している。遠くに小さく見える赤い尖塔や、どこかクジラを思わせるような丸みを持った銀色のビル、一枚の黒曜石から切り取ったみたいな黒く輝くビル、そういういくつかの建物はきっと有名で、私にも見覚えがある。遠くにオモチャのような自動車が、列をなして整然と流れている。

それは想像していたよりも——いや、考えてみれば私は真剣にその姿を思い描いたこともなかったのだけれど——、テレビや映画で見るよりもずっとずっとうるわしい、日本でいちばん大きな街の景色だった。私はなんだかじんと胸をうたれながら、

——東京だ。

と、呟いた。

世界があんまりに眩しくて、私は太陽を見る時みたいに、息を吸いながら目を細める。

「ねーねーこれどこで買ったの？」「レッスン帰りに西麻布の」「あいつら次のライブの前座で」「なあ今日部活サボって映画でも」「今夜の合コンに代理店のリーマンが」な、なにこの会話？　このヒトたちほんとに現代日本の高校生？　Facebookのセレブ

の投稿読み上げてるだけとか？

私はドアに半分隠れるようにして、教室を観察しながらようやく中に入るタイミングをうかがっている。

スマフォのGPSを頼りにそれでも迷いまくりながらようやく学校に辿りついた時には、キンコンカンコンとお昼のチャイムが鳴っていた。

それにしても、この校舎も――壁全面のガラス窓に打ち放しのコンクリート、丸い窓のついたカラフルな鉄のドア、これって世界万博会場とかなのでは？　というくらい異様にお洒落だ。立花瀧とかいうこの男は、私と同じ歳でこんな世界に生きているのか。　私は生徒手帳で確認したコイツの名前と、証明写真の涼しげな表情を思い浮かべる。なんかちょっとムカつく。

「たーきっ！」

「っ！」

突然に背中から誰かに肩を抱かれて、声にならない悲鳴を私は上げた。見ると、眼鏡で委員長風の（でもさっぱりと洗練された）男の子が、前髪が触れあうくらいの距離でにっこりと笑っている。きゃーちょっと誰か、人生で最接近男子なんですけどこのヒト！

「まさか昼から来るとはね。メシ行こうぜ」

そう言ってこの眼鏡男子は、私の肩を抱いたまま廊下を歩き出す。ちょっとちょっと、くっつ

51

きすぎだってば！

「メール無視しやがって」と怒ったふうでもなく彼は言い、あ、と私は思い至る。

「……ツカサ、くん？」

「はは、くん付け？　反省の表明？」

なんと答えて良いか分からず、私はとりあえずすすす、と、彼の腕から体を離した。

「……迷ったぁ？」

高木、と呼ばれている大柄で人の良さそうな男子が、呆れ顔を隠さずに大声で言う。

「お前さぁ、どうやったら通学で道に迷えんだよ？」

「えーと……」と私は口ごもる。私たちは広い屋上のすみっこに三人で座っている。今は昼休みのはずだけれど、夏の日差しを避けてか周囲には人はまばら。

「えーと、あの、私……」

「ワタシ？」

高木くんと司くんが、怪訝そうに顔を見合わせる。しまった、今、私は立花瀧なんだ。

「あ、その、ええと……あ、わたくし！」

52

「んん？」

「僕！」

「はあ？」

「……俺？」

うむ、

と、怪訝そうな表情ながらも二人はうなずく。なるほど、「俺」ね。心得た！

「……俺、楽しかったんやで。なんかお祭りみたいににぎやかやね、東京って」

「……なんか、お前なまってない？」と高木くん。

「ええ！　なまってるの？　私はボッと赤くなる。

「瀧、弁当は？」と司くん。

「ええ！　持ってきてないよ！

汗をだらだら流しながら学生鞄を確認する私を見て、「熱でもあんのか？」と二人は面白そう
に笑う。

「司、お前なんかある？」「卵サンド。お前のそのコロッケ挟もうぜ」

ほらよ、と即席に出来上がった卵コロッケサンドを、そして二人は私に手渡してくれる。　私は

53

じーんと感動してしまう。

「ありがとう……」

無言でにっと笑う二人。男子がこんなにスマートで優しいなんて……！　ああダメよ三葉、二人同時に好きになったりしちゃ！　いやまあなんないけど。とにかく東京ってやっぱりすごすぎる！

「でさ。今日の放課後、もういっかいカフェ行かねえ？」

そう言った高木くんの口にご飯が運ばれていくのを、思わず私は凝視する。

「ああ、いいね」と言ってペットボトルの水を飲む司くんの喉が、滑らかに動いている。え、な

に、今どこに行くって……

「カフェ、瀧は？　行くだろ？」

「え！」

「だからカフェ」

「か、か、カフェええええー!?」

二人の眉間のしわが深くなるのも構わず、私はテンションの上昇を抑えられずに叫んでしまう。

今こそ、バス停カフェのリベンジよ！

アイドル風の服を着せられた小型犬が二匹、ちょこんと籐椅子に座って、あめ玉みたいな瞳で私を見つめながら千切れそうな勢いで尻尾を振っている。テーブルとテーブルの間隔はやけにゆったりとしていて、なんと半分くらいの客が外国人で、なんと1／3がサングラスをかけていて、3／5が帽子をかぶっていて、スーツ姿は一人もおらず全員職業不詳だ。

なにこの場所？　　いい大人が平日の陽も高いうちから犬連れてカフェ!?

「天井の木組みがいいね」「ああ。やっぱ手がかかってんなぁ」

そんな超絶お洒落空間で司くんと高木くんはまったく臆するふうもなく、笑顔で内装の感想なんかを語り合っている。どうもこの子たちは建築物に興味があってカフェ巡りをしているらしい。

なにその趣味!?　　男子高校生の趣味って『ムー』とかじゃないの!?

「瀧、決まった？」

司くんにうながされ、私は店内観察を中断しどっしりと重い革表紙のメニューに目を落とす。

「……！　こ、このパンケーキ代で、俺一ヶ月は暮らせるんですけど！」

「いつの時代のヒトだよ、お前は」と高木くんが笑う。

「うーん……」

私はしばし悩み、あ、そうだ、夢だったと気づく。じゃ、ま、いいか。お金も立花瀧のだし。

好きなの食べよっと。

はあぁー、いい夢――。

マンゴーとかブルーベリーとかにどっかりと囲まれた要塞、といった風情の重量級パンケーキを食べ終えて、私は深く満足してシナモンコーヒーをすする。

ぴろりん。

ポケットのスマフォが鳴る。……なんか、怒りマークが多用されたメッセージが。

「……わ！ ねえ、どうしよう、俺バイト遅刻だって！ なんか上司みたいなヒトが怒ってる！」

「あれ、お前のシフト、今日だっけか」と高木くん。「じゃ、早く行ったら」と司くん。

「うん！」私は慌てて立ち上がる。あ、でも……。

「……どうした？」

「あのお、私のバイト先って、どこだっけ？」

「……はあぁぁ？」

呆れるを通り越して、なんだかキレ気味の二人。だって私この男のことなんにも知らないんだってば！

「ねえちょっと注文まだですか？」

「瀧！　十二番テーブルオーダー取ってこい！」

「これ、頼んでませんけど」

「瀧！　トリュフは品切れだって言ったろ!?」

「お会計まだですか？」

「瀧、そこ邪魔だどけ！」

「瀧、てめえ真面目にやれ！」

「瀧！」

そこは、これまた大変に格式の高そうなイタリアンレストランだった。吹き抜けの二階建てで、ピカピカのシャンデリアが吊り下がっていて、映画で見たようなおっきなプロペラが天井でゆったりと回転している。立花瀧は蝶ネクタイ姿のウェイターをやっており、そして夕食時のその店はもう、地獄みたいな忙しさだった。

私は注文を間違え、配膳を間違え、お客に舌打ちされ、シェフに怒鳴られながら、濁流に流されるみたいにして右往左往し続けている。ていうか私ここ初めてなんですけど！　ていうかアルバイト自体やったことないし！　ていうかこれ端的に悪夢じゃん！　あーんもう、ほんとにこの夢いつ覚めるのよぉ!?　なにもかもアンタのせいだ立花瀧め！

「──ちょっと。ちょっとそこのお兄さん」

私はその声の主をちょっと通り過ぎてしまってから、慌てて振り向く（「お兄さん」じゃ分かんないっつーの）。

「え、あ、はい！」

うわ。開襟シャツに金色のネックレスをして何本もごっつい指輪をはめた、とても分かりやすくチンピラ風の男の人だ。あ、でもこんな感じのヒト、私の町の隣の市くらいまで行けば駅前とかにけっこういるな。他の芸能人みたいなキラキラしたお客さんたちより、ちょっと親近感持てるかも。薄い笑みが貼りついた声で、その人は私に言う。

「ピザにさ、楊枝が入ってたんだけど」

「え？」

チンピラさんがつまみ上げたバジルピザの最後の一切れには、断面に「刺したよー」という感

58

じで爪楊枝がぷすりと刺さっている。冗談を言われているのかもしれない。どう応じれば良いのかと戸惑っていると、固定されたような笑みのままチンピラさんが言う。

「これ、喰っちゃったら危ないよね？　俺が気づいたから良かったけどさぁ。……どうすんの？」

「え……」

ご自分で刺したんですよね？　とは、さすがに言っちゃいけない気がする。私は曖昧な笑顔を作る。と、反対に彼の笑顔がするりと消えた。

「どうすんのって訊いてるんだけど!?」

ガシャン！　膝でテーブルを蹴り上げて突然に怒鳴る。店のざわめきが瞬間冷凍されたみたいにぴたりと止み、私の体も固まってしまう。

「――お客さま！　どうかなさいましたか？」

現れた女性に、私の体は押しやられた。彼女はちらりとこちらを見て、「ここはいいから！」と小声で言う。後ろから別の人に腕を掴まれ、私は引きずられるようにその場から離された。見るとそれは先輩らしき男性ウェイターで、「お前、今日おかしいぞ？」と心配顔だ。「――それは大変失礼いたしました！」とチンピラさんに向かって深く頭を下げる女性の姿が、目の端に映る。

59

店のざわめきが、ボリュームつまみを回すみたいにして再び戻ってくる。

芝刈り機みたいにでっかい業務用掃除機を、私は床にかけている。店の営業がようやく終わり、シャンデリアの明かりは落とされて、全てのテーブルからクロスは剝がされ、ある人はグラスを磨き、ある人は冷蔵庫の在庫をチェックし、ある人はレジカウンターのパソコンを操作している。

そして私を助けてくれたあの女性はテーブルを一つひとつ拭いていて、私はさっきから、話しかけるタイミングをつかめずにいる。緩くウェーブのかかった長い髪が横顔から目元を隠していて、表情が読めない。でも、艶やかなグロスの唇は優しげな微笑の形だ。手脚がすらりとしていて腰がきゅっと細くてでもおっぱいが大きくて、なんだかすごく格好いい。その誇らしげなおっぱいに乗っかったネームプレートに「奥寺」と書かれているのを、私は通りすがりに捉える。

よし！

「——奥寺さん」

と思い切って声に出したところで、後ろからコツンと頭を小突かれた。

「先輩だろうが！」冗談めかした声色で、私を小突いた男の人はメニューの束を片手に厨房に戻

60

っていく。なるほど先輩なのね。よっしゃ!

「あの、奥寺先輩! さっきは……」

「瀧くん。今日は災難だったね」

先輩が振り向いて、まっすぐに私の目を見て言う。ばっちーんと天井に向かってカールした長い睫毛、美女の見本みたいなアーモンド型の瞳、背中をくすぐる色っぽい声。好きです! と反射的に告白したくなる。頬がちょっと赤くなってきちゃうのを感じて、私はあわてて目を伏せる。

「あ、いえ、災難っていうか……」

「あいつ、絶対言いがかりだよ。マニュアル通りタダにしてやったけどさ」

さして怒っているふうでもなく、先輩は雑巾を取りかくるりと裏返しにし、別のテーブル拭きに取りかかる。あの、と話の続きをしようとすると、

「きゃっ、奥寺さん!」

と、別のウェイトレスさんが声を上げた。

「そのスカート!」

「え?」

上半身をひねって自分のお尻を見おろした奥寺先輩の顔が、みるみる赤くなった。よく見ると太腿の上あたりで、スカートがざっくり横に裂かれている。えっ、と小さく悲鳴をあげて、先輩はエプロンの前掛けを回して裂け目を隠す。

「怪我してないか?」「あいつの顔覚えてるか?」「ひでえな、あの客か?」「なんか前もあったよね、こういうこと」「嫌がらせ?」「あいつの顔覚えてるか?」

何人かの従業員が先輩の周囲に集まってきて、心配そうにそんな話をする。先輩はじっとうつむいたまま。私は言いかけの言葉を口の中に入れたまま、ばかみたいに突っ立っている。奥寺先輩の肩が、すこし震えている。涙がすこしだけ、彼女の目元に盛り上がるのが見えたような気がする。

今度は私が助けなきゃ。

弾かれるように私は思い、気づいたら、先輩の手を掴んで歩き出していた。おい、瀧てめえ! と背中に聞こえる声も無視して。

緑は原っぱ。オレンジは花と蝶々。もう一つくらいモチーフが欲しい。茶色は――、うん、ハ

62

リネズミに。クリーム色はその鼻。

スカートの裂け目をつまんで、私はすいすいとかがり縫いをしていく。更衣室の裁縫箱にはなぜか刺繍糸が何色かあったから、この際ちょっと凝った修繕に。お祖母ちゃんに鍛えられた私にとって、針仕事は得意中の得意だ。

「できました！」

ささっと五分ほどで仕上がったスカートを、私は奥寺先輩に渡した。

「……え、これって……」

私に更衣室に連れてこられて、なんだか不審げで不安そうだった先輩の表情が、みるみる驚きに変わる。

「すごい！ ねえ瀧くんすごい！ これ、前よりも可愛い！」

スカートの裂け目は十センチくらいの横一直線だったから、私はその部分を縫い合わせつつも、原っぱで遊ぶハリネズミのスケッチにしたのだ。スカートはダークブラウンだから小さな装飾はワンポイントになるし、先輩みたいなきりっとした美人には可愛らしいモチーフがかえって似合うと思って。雑誌のモデルみたいだった先輩の整った美人顔が、近所のお姉さんみたいにぐっと身近なものに、笑うとなった。

63

「今日は助けていただいて、ありがとうございました」

やっと言えた。

「ふふ」

先輩は、大きな瞳を柔らかく細める。

「——ホントはね、私あの時、ちょっと心配だったのよ。瀧くん、弱いクセに喧嘩っぱやいか

ら」

自分の左頬を細い指でトントンとたたきながら先輩は言う。あ。と、私は立花瀧の顔に貼られ

ている絆創膏の理由を、なんとなく理解する。

「今日の君のほうがいいよ」と、ちょっといたずらっぽく先輩は言う。

「意外に女子力高いんだね、瀧くんって」

ずっきゅーんと、私の心臓が跳ね上がる。それは手持ちのなにもかもを無償で差し出したくな

っちゃうような最強の笑顔で、今日東京で目にしたものの中でいちばん尊いと、私は思った。

帰りの黄色い電車は、すいていた。

今になって、東京は様々な匂いに満ちていることに私は気づく。コンビニ、ファミレス、すれ

64

違う人、公園脇、工事現場、夜の駅、電車の中、ほとんど十歩ごとに匂いが変わった。人間っていう生き物は集まるとこんなに濃い匂いを出すんだと、私は今まで知らなかった。そしてこの街には、目の前を流れるこの窓の明かりのぶんだけ、人の生活があるのだ。視界の果てまで並ぶ建物、目も眩むようなその数に、まるで山脈みたいなその圧倒的な重量に、私の心はなんだかざわめく。

——そして立花瀧もまた、この街に住む一人なんだ。私は電車の窓ガラスに映った男の子に、そっと手を伸ばしてみる。ちょっとムカついたりもしたけれど、まあ嫌いじゃない顔かも。大変な一日を共に乗りきった戦友みたいな親しみを、私はこの男の子に感じはじめている。それにしても——。

「それにしても、我ながらホントに良く出来た夢やなー……」

帰宅した私は、今朝目覚めたベッドにふたたび身を投げ出した。

ねえねえこんな夢を見たんやよ、ちょっとすごくない? そんなふうに、明日テッシーとサヤちんに話してあげよう。どう、まるで見てきたみたいなこの想像力! 私たぶん漫画家とかになれてまうな、いや絵はちょっと苦手だから小説家とかなら楽勝か? たぶんけっこう稼げるで、みんなで東京でルームシェアとかしちゃう?

そんなことをにやにやと想像しながら、私は仰向けになって、なんとなく立花瀧のスマフォを手に取り、すいすいと指で覗いてみる。あ、このヒト日記なんかつけてる。

「9／7　司たちとKFC喰う」「9／6　日比谷にて映画」「8／31　建築巡り・湾岸編」「8／25　バイト給料日！」

見出しをスクロールさせてさかのぼりながら、「マメな子やねえ」と思わず私は感心してしまう。それから写真ロールをタップ。風景写真がほとんどで、その次に司くんたちとの写真が多い。

一緒にラーメン食べたり公園に行ったり、仲良いんだな。牛丼屋、駅のおそば屋、お洒落なハンバーガー屋。

学校の帰り道、ビルの谷間の夕焼け、友だちの後ろ姿、見上げた空には飛行機雲。

「いいなあ、東京生活」

そう呟くと、あくびがひとつ出た。そろそろ眠いかもと思いつつ、次の写真。

「あ、奥寺先輩」

先輩がレストランの窓を拭いているその写真は後ろ姿で、こっそり隠し撮りした雰囲気だ。次の一枚では、気づいた先輩がこちらを向いて笑顔でピースをしている。

66

……もしかしてこの子、奥寺先輩が好きなのかも。ふと、私はそう思う。でもきっと片想いなんだろうな。先輩は大学生、高校生男子なんてぜんぜん子どもだ。

私はベッドから体を起こし、日記アプリで今日のエントリーを作成してみる。そして今日一日、私が体験した出来事を入力し始める。いろいろ失敗もしたけれど、最後には奥寺先輩と仲良くなったこと。バイトの帰り道、店から駅までを一緒に歩いたこと。そんな全部を、私は立花瀧に報告してあげたいような自慢したいような気持ちで日記に綴る。書き終えて、もう一度あくびをする。するとふと、

お前は　誰だ？

みつは

国語のノートのあの落書きを、なぜか私は思いだした。私の姿になった立花瀧が糸守町の私の部屋で、眠る前にあの文字を書いている。そんな姿が、なんとなく目に浮かぶ。へんな想像。でもそれは妙な説得力を持っている。私は机の上のマジックを手に取り、自分の手のひらに

と書いた。

ふわーあ……。

三回目のあくび。さすがに、今日は疲れた。虹色のシャワーを浴び続けてたみたいに、カラフルでわくわくした一日だった。BGMなんてかけなくたって、世界はずっと輝いていた。自分の手に書かれた文字に驚く立花瀧を想像してみて、ちょっと笑いながら、私は眠りに落ちていった。

* * *

「……なんだ、これ?」

俺は自分の手のひらを見ながら、思わず声に出した。

手のひらの文字から視線を落とすと、しわになった制服とネクタイ。……着替えもせずに寝たってことか？

「――な、な、なんだこれ!?」

今度は、叫んでしまった。朝食の席で、親父はそんな俺にちらりと目をやったが、速やかに無関心となり茶碗に戻る。俺は愕然としつつスマフォを凝視する。覚えのない日記が、長々と書かれている。

……そしてバイト帰り、駅までの道を奥寺先輩と二人きりで歩きました！　ぜんぶ私の女子力のおかげ♡

「瀧、今日もカフェ行かね？」

「あー悪い、俺、このあとバイト」

「ははっ、行き先は分かるのか？」

「はあ？　……司てめえ、もしかしてお前か？」

俺は反射的に声を荒らげる。ていうかむしろコイツの仕業であってほしい。だが、司の怪訝な

69

表情が違うと告げているのだ。他人が手間暇かけてこんないたずらをする理由なんてない、自分でも

それは分かっているのだ。

俺は椅子から立ち上がりながら、渋々と言う。

「……いや、やっぱいいや。じゃあな」

教室を出ていく俺の背中に、あいつ今日はフツウじゃん？ という高木の声が届く。ぞわりと

足元が寒くなる。なにか妙なことが、俺の身に起きている。

「……な、なんすか？」

バイトの制服に着替え更衣室のドアを開けると、行く先を塞ぐようにして先輩たちが三人立っ

ていた。社員さん一人に大学生のアルバイト二人、皆男性で、充血したような涙ぐんだような、

とにかく不吉な目つきで俺をにらんでいる。ごくりと生唾を飲んだ俺に、先輩たちはドスの利い

た声で言う。

「……てめえ瀧、抜け駆けしやがって」「説明しろコラ」「昨日お前ら一緒に帰っただろ」

「え……、え、まさかマジで!? 俺が？ 奥寺先輩と!?」

てことは、あの日記は現実!?

70

「お前ら、あれからどうなった!?」

「いや、あの……俺、ほんとによく覚えてないんすよ……」

「ふざけんなよコラ」

胸ぐらを掴まれそうになったところで、涼しげな声がホールに響いた。

「奥寺、入りまーす」

長い素足とトップスから露出した肩をぴかぴかと振りまきながら、奥寺先輩がやって来た。編み上げのサンダルを気持ち良く鳴らしつつ、俺たちにも笑顔で挨拶してくれる。

「おつかれ〜」

「ちわっす!」

この店のアイドル的存在である先輩の眩しさの前に、俺たち男四人は思わず声を揃える。一瞬トラブルを忘れかける。と、奥寺先輩がくるりと振り返り、俺を見た。

「今日もよろしくね。ね、瀧くん」

語尾にハートマークがついていそうな甘さで先輩は言い、ばっちーんと音がしそうなウィンクをし、ドアの向こうに消えていった。俺は熱湯を頭からかぶったように真っ赤になる。あまりのことに、今すぐ店中のグラスをぴかぴかに磨いてやりたくなる。

71

「……おい、瀧」

地の底から響くような男たちの暗い声に、俺はハッと我に返る。

——やべえ。先輩たちからの慟哭めいた追及を受けながら、俺は考える。

これはいったい、どういうことなんだ？　皆で示し合わせて俺をからかっている？　まさか。

俺の知らないうちに、俺はなにをしでかしたんだ？

「みつは」って、いったいなんだ？

ちゅんちゅんと、鳥さんたちが今朝も元気に鳴いている。障子越しに差し込む朝日も生まれたての清潔さで、いつもと変わらぬ平和な朝だ。それなのに、目覚めたばかりの私の手には、苛立ちそのものをぶつけたみたいな見慣れぬ筆跡がある。

みつは？？？　お前はなんだ？　お前は誰だ？？？

極太のマジックで乱暴に、手のひらから肘までにでかでかと書きつけてある雑な文字。

72

「お姉ちゃん、なにそれ？」

見ると、四葉が襖を開けて立っている。こっちが訊きたいわよ、という表情を私はする。まあ

どうでもいいけどさ、という顔を妹は作る。

「今日は自分のおっぱい触っとらんのやな。ご・は・ん！ 早よ来ない！」

ぴしゃり、と襖を閉めるいつも通りの姿を、私は布団に座ったまま見送った。え、おっぱい？

今日は触ってない？ はぁ？ ふと、自分のおっぱいを嬉しそうに触る私の姿が目に浮かぶ。

……そ、それじゃまるっきりヘンタイじゃん！

「おはよー」

そう言いながら教室に入ったとたん、クラスメイトたちの視線が一斉に私に向いた。ひっ、と

私は小さく息を呑む。な、なに？ 小さくなりながら窓際の席まで歩く私に、ひそひそと囁きが

届く。宮水、昨日カッコよかったよな。ちょっと見直したわ。でもあいつ、なんか性格変わって

ね？

「な、なんか視線を感じるんやけど……」

「まあ、しょうがないやろ。 昨日のアレは目立ったもんなあ」とサヤちん。

「昨日のアレ？」

席に座りながら問う私の顔を、サヤちんが不思議そうに心配そうに覗き込んだ。

　──ほら、昨日の美術の時間、静物スケッチで。え、やっぱりまた覚えとらんの、三葉ほんとに大丈夫？　私と三葉は同じグループで、花瓶とりんごっていう例の意味不明モチーフを描いとったのね。なのに三葉は勝手に風景スケッチなんてしとってさ、まあそれはいいんやけど、後ろで松本たちがまたいつもの陰口を言っとったんよ。──え、聞きたい？　うーん、ほら、町長選の話。え、詳しく？　だから、町政なんて助成金をどう配るかだけやで誰がやったって同じやか、でもそれで生活してる子もおるしなとか、そんなくだらない話。で、それを聞いたあんたが、「あれって私のことだよね？」って訊いたんやさ、私に。そうやと思うよって、そりゃ訊かれたら答えるやろ。そしたら三葉、あんたなにしたと思う？　マジで覚えてないの？　あんた、松本たちに向かって花瓶の載った机を蹴り倒したんやよ！　しかもニヤリって笑いながら！　松本たちビビっちゃって、花瓶は当然割れるし、クラス中静まりかえるし、ていうか私もぞっとしたんやでね！

「な……な……。なんよそれ？」

私は青ざめる。授業が終わり、ダッシュで家に帰る。居間で呑気にお茶なんか飲んでいた四葉とお祖母ちゃんを尻目に階段を駆け上がり、自分の部屋に籠もり、古典のノートを開く。「お前は**誰だ？**」の文字。さらにページをめくる。

ぞわ、と全身が粟立つ。同じ筆跡で、見開きページいっぱいに細かな文字が書かれている。まず、大きく「**宮水三葉**」の文字。その周囲にはたくさんのハテナと、私の個人情報の数々。

2年3組／テシガワラ♂・友人・オカルトマニア・バカだがいい奴／サヤカ♀・友人・大人しくてちょっと可愛い

祖母と妹のヨツハと三人暮らし／ど田舎／父は町長／巫女をやってる？／母は亡くなってるっぽい／父親別居／友だち少なめ／胸はある

そしてひときわ大きく、「**この人生はなんなんだ？？**」の文字。

震えながらノートを見つめる私の頭に、うっすらともやが昇るみたいに、東京の風景がゆらめく。

カフェ、アルバイト、男友達、誰かと歩いた帰り道……。

私の心のすみっこが、あり得っこない結論の尻尾をつかむ。

75

「これって……これってもしかして」

「これって、もしかして本当に……」

俺は部屋に籠もり、信じられない思いでスマフォを凝視している。さっきから指先が、半分誰かのものになってしまったみたいに勝手に震えている。その指で、俺は日記アプリのエントリーを辿る。

自分の書いた日記に挟み込まれるようにして、覚えのない見出しがいくつもある。

初♡原宿表参道パニーニざんまい！／お台場水族館に男子二人と♡／展望台巡りとフリーマーケット♡／お父さまの仕事場訪問♡霞ケ関！

俺の頭の片隅が、あり得ないはずの結論の尾をつかむ。

もしかして──。

俺は夢の中でこの女と──

私は夢の中であの男の子と──

入(い)れ替(か)わってる!?

山の端から朝日が昇る。湖の町を、太陽の光が順番に洗っていく。朝の鳥、昼の静寂、夕の虫の音、夜空の瞬き。

ビルの間から朝日が昇る。無数の窓を、太陽が順番に光らせていく。朝の人波、昼のざわめき、カタワレ時の生活の匂い、夜の街の煌めき。

俺たちは、そのひとときひと時に、何度も見とれる。

そして私たちは、だんだんと理解する。

立花瀧──瀧くんは、東京に住む同じ歳の高校生で、ど田舎暮らしの宮水三葉との入れ替わりは不定期で、週に二、三度、ふいに訪れる。トリガーは眠ること、原因は不明。

入れ替わっていた時の記憶は、目覚めるとすぐに不鮮明になってしまう。まるで明晰な夢を見ていた直後みたいに。

それでも、俺たちは確かに入れ替わっている。なによりも周囲の反応がそれを証明している。

*

*

*

そして、これは入れ替わりの体験なんだと意識するようになってからは、夢の記憶もすこしずつキープできるようになってきた。例えば今では目覚めている時間でも、瀧くんという男の子が東京に暮らしているんだと、私には分かっている。

どこかの田舎町に三葉という女が暮らしているのだと、今では俺は確信している。理由も理屈も分からないが、妙な実感がある。

そして私たちは、お互いにコミュニケーションを始めた。入れ替わった日は、スマフォに日記やメモを残し合うという方法で。

メールや電話も試してみたが、なぜかどちらも通じなかった。でもとにかく、コミュニケーションの方法があったのは幸運だった。俺たちにはお互いの生活を守ることが必要なのだ。だから、俺たちはルールを決めた。

　《瀧くんへ　禁止事項その1》
　お風呂ゼッタイ禁止
　体は見ない・触らない
　座るとき脚を開かないように

テッシーと必要以上に仲良くしないで。 彼はサヤちんとくっつけるべき

その他の男子には触るな

女子にも触るな

〈三葉へ　禁止事項Ver．5〉

無駄遣い禁止だって前も言ったよな？

学校・バイトに遅刻するな、いいかげん道を覚えろ

訛るな

お前こっそり風呂入ってない？　なんかシャンプーの香りが……

司とベタベタするな誤解されるだろアホ

奥寺先輩と馴れ馴れしくするな頼むから

――それなのに、と、三葉の残した日記を読みながら、むかむかむかと腹が立って仕方がない。まったくまったく本

当に、

私は瀧くんの日記を読みながら、俺は今日も歯ぎしりをする。

80

あの男……！

あの女は

バスケの授業で大活躍した⁉　私そういうキャラじゃないんだってば！　しかも男子の前で

飛んだり跳ねたりしてるですって⁉　胸も腹も脚もちゃんと隠せってサヤちんに叱られたわ

よ！　男子の視線、スカート注意、人生の基本でしょう⁉

▼

ていうかそれ俺の金だろうが！

三葉てめえ、ばか高いケーキとかドカ喰いしてんじゃねえよ！　司たちが引いてるだろう、

▼

バイト入れすぎだよ、ぜんぜん遊びに行けないじゃない。

食べてるのは瀧くんの体！　それに私だってあのお店でバイトしてるし！　それより瀧くん

▼

81

お前の無駄遣いのせいだろ！　それから婆ちゃんとの組紐作り、あれ俺には無理だって！

帰り道、奥寺先輩と二人でお茶したよ！　おごってあげようとしたら、逆におごられちゃいました。　先輩ったら、「高校卒業したらご馳走してね」だって！　「約束します」とクールに答えておきました。　君たちの仲は順調だよ、私のおかげで♡

◀

てめえ三葉、なにしてくれてんだ！　俺の人間関係勝手に変えるなよ！

◀

ちょっと瀧くん、このラブレターなに!?　なんで知らない男子に告白とかされてんの!?　しかも「考えとく」って返事したですって!?

◀

はは。お前って、自分のスペック全然活かせてないよな。　俺に人生預けたほうがモテるんじゃね？

◀

うぬぼれないでよね、彼女もおらんくせに！

82

お前だっていねえじゃねえか！

私は、いないんじゃなくて作らないの！

俺は、

＊

＊

＊

三葉のベルの音だ。

てことは、今日も田舎暮らしだ——まどろみの中で、俺はそう思った。やった。放課後にテシ

ガワラと進めているカフェ作りの続きが出来る。そうだ、それから——

俺は布団から上半身を起こし、体を見おろす。

このところ、三葉のパジャマはやけに厳重になった。以前はノーブラにだぼっとしたワンピー

スだったのに、今朝はきつめの下着にボタンでかちっと閉じられたシャツ姿である。いつ起きる

か分からない入れ替わりに警戒しているのだ。まあ、気持ちは分かる。分かるけれど。

俺は胸に手を伸ばす。今日はこれが俺の体で、自分の体に触るくらいなんの問題もないはずだ

と、いつものように俺は思う。いや。しかし、でも……。

俺は手を止め、小さく呟く。

「……あいつに悪いか」

がらり、と襖が開いた。

「……お姉ちゃん、ほんとに自分のおっぱい好きやな」

それだけ言って、ぴしゃりと襖を閉める妹の姿を、俺は胸に手をあてたまま見送った。

……いいよな、服の上から、ちょっとくらい。

「お祖母ちゃあん。なんでうちのご神体はこんなに遠くにあるのぉ?」

四葉がうんざりしたように声を上げる。俺たちの前を歩く婆ちゃんが、背中で答える。

「繭五郎のせいで、ワシにも分からん」

マユゴロー?

84

「……誰?」

隣を歩く四葉に、俺は小声で訊く。

「え、知らんの? 有名やよ」

田舎の人間関係はよく分からん。

宮水家の女三人、俺と婆ちゃんと四葉は、もう小一時間ほども山道を歩き続けている。なんで、今日は山の上のご神体へ捧げ物を持っていく日なのだそうだ。つくづく、こいつらって昔話的世界に生きているんだなと俺は感心してしまう。

太陽を透かしたカエデの葉群れが、染めたように赤い。空気はからりと乾いていて、気持ちのいい風には枯れ葉の匂いがたっぷりと含まれている。十月。この町はいつの間にか、もうすっかり秋なのだ。

そういえばこの婆ちゃん、いくつなんだろうな。

俺は目の前の小さな背中を眺めながら考える。こんな山道でも和服姿で、意外にも健脚で、でも腰は絵に描いたように折れ曲がっているし杖もついている。年寄りと暮らした経験のない俺には、彼女の年齢もコンディションも見当がつかない。

「ね、婆ちゃん!」

俺は駆け出し、婆ちゃんの前で膝をつき、背中を差し出した。この小柄な婆ちゃんが三葉たち

を育て、いつも美味い弁当を詰めてくれているのだ。

「おぶらせて。良かったら」

おや、ええんかい？　そう言いながらも嬉しそうに、婆ちゃんが俺の背中に体重を預けてくる。遠い昔に誰かの家でかいだような不思議な匂いがぷんとする。一瞬、以前にもこんな瞬間があったような、不思議なあたたかな気持ちになる。婆ちゃんはすごく軽い。

「婆ちゃん、すげえ軽——うわっ」

立ち上がった瞬間に重みで俺の膝がかくんと折れて、ちょっとお姉ちゃん！　と文句を言いつつ四葉がとっさに支えてくれた。そういえば三葉の体も、けっこう薄くて細くて軽かった。こんなんで生きてるって不思議だな、と俺はなんだかじんとする。

「三葉、四葉」

背中で婆ちゃんがゆったりとした声を出す。

「ムスビって知っとる？」

「ムスビ？」

俺のリュックを腹に抱えた四葉が、隣で訊き返す。木々の隙間の眼下には、丸い湖の全体が見えている。ずいぶん高く登ってきたのだ。婆ちゃんを背負って登り続けて、三葉の体は汗だくだ。

86

「土地の氏神さまのことをな、古い言葉で産霊って呼ぶんやさ。この言葉には、いくつもの深いふかーい意味がある」

神さま？　唐突になんの話だ？　でも、まんが日本昔話みたいな婆ちゃんの声には不思議な説得力がある。　知っとるかい？　とふたたび婆ちゃんは言う。

「糸を繋げることもムスビ、人を繋げることもムスビ、時間が流れることもムスビ、ぜんぶ、同じ言葉を使う。それは神さまの呼び名であり、神さまの力や。ワシらの作る組紐も、神さまの技、時間の流れそのものを顕しとる」

川のせせらぎが聞こえる。どこかに沢があるのかもしれない、と俺は思う。

「よりあつまって形を作り、捻れて絡まって、時には戻って、途切れ、またつながり。それが組紐。それが時間。それが、ムスビ」

透明な水の流れを、俺は考えるともなく想像する。石にぶつかって分かれ、他と混じり、また合流し、全体としてはひとつに繋がったもの。婆ちゃんの言葉の意味はさっぱり解らないけれど、なにかとても大切なことを、俺は知ったような気持ちになる。ムスビ。目が覚めてもこの言葉は覚えておこう。あごから落ちる汗がやけに大きな音で地面に落ち、乾いた山に吸い込まれていく。

「ほら、飲みない」

87

木陰で小休止。婆ちゃんが水筒を手渡してくれる。

砂糖を溶かしこんだだけの、甘い麦茶だった。それなのに驚くくらい美味くて、俺は二杯続けて飲んでしまう。なあ私も！　と、四葉がねだる。今まで口にした飲みもので、これがいちばん美味いかもしれない。

「それも、ムスビ」

「え？」

水筒を四葉に手渡しながら、木の根元に座り込んでいる婆ちゃんを思わず見る。

「知っとるか。水でも、米でも、酒でも、なにかを体に入れる行いもまた、ムスビと言う。体に入ったもんは、魂とムスビつくで。だから今日のご奉納はな、宮水の血筋が何百年も続けてきた、神さまと人間を繋ぐための大切なしきたりなんやよ」

いつの間にか樹木は途切れ、眼下でスケッチブックくらいのサイズになった湖の町は半分が雲に覆われている。見上げた雲には厚みがなく透明に輝くようで、強い風に溶けながらみるみる遠くまで流されていく。周囲は苔だけの岩場だ。山頂まで、ついに来たのだ。

「なあなあ、見えたよ！」

はしゃぐ四葉に追いついて、彼女の視線を辿る。その先に、山の頂上をえぐるようにして、カルデラのようなグラウンド大の窪地がある。窪地の内部は緑に覆われた湿原で、その中央付近には一本の大きな樹が立っている。

想像もしていなかった風景に、俺は目を見張った。

里からは決して見えない、これはまるで天然の空中庭園だ。　田舎っていいちすげえ。

「ここから先は、カクリヨ」

婆ちゃんが言う。　俺たちは窪地の底に降りていて、目の前には小さな小川が流れている。　巨木はその先だ。

「かくりよ？」　俺と四葉が声を合わせる。

「隠り世、あの世のことやわ」

あの世。婆ちゃんのその昔話ボイスは、まるで冷風のように俺の背中を撫でる。すこしだけ足がすくむ。

霊峰というかパワースポットというかセーブポイントというか、確かにこの世ならざる雰囲気が、この場所には漂いまくっているような気がする。

……踏み入れたら帰れない、なんてことないだろうな。

「わーい、あの世やあ～！」

しかし四葉は歓声を上げながら、バシャバシャと小川をまたいでいってしまう。ガキはすげえな、ばかで元気で。まあ天気も良いし風も穏やかだし、こんなんでビビってちゃ恥ずかしいかもしれない。　俺は婆ちゃんが濡れないように手を取って、岩を足場に小川を渡った。「あんたたちの一等大切なも

「此岸に戻るには」ふいに神妙な調子で、婆ちゃんが口を開いた。

んを引き換えにせにゃいかんよ」

「ええっ！」俺は思わず声を上げた。

「ちょ、ちょっと婆ちゃん、渡り終えてから言わないでよ！」

俺の抗議に、婆ちゃんは目を細めて笑う。欠けた歯がのぞいて余計に怖いんですけど。

「怖がらんでもええ。口噛み酒のことやさ」

出しんさい、と婆ちゃんにうながされ、俺と四葉はリュックからそれぞれ小瓶を取り出す。よく神棚なんかに置いてある、瓶子だ。白いぴかぴかの陶器で、直径五センチほどの球形に末広がりの台座がついている。蓋が組紐で封印されていて、ちゃぷんと液体が揺れる音がする。

「あのご神体の下に」と言って、婆ちゃんが巨木を見る。

「小さなお社がある。そこにお供えするんやさ。その酒は、あんたたちの半分やからな」

──三葉の、半分。

90

俺は手の中の瓶を見る。あいつが米を嚙んで作ったという口嚙み酒。この体と米がムスビついて出来た酒。それを俺が奉納する。いがみ合っていた相手からのパスでゴールを決めてしまったような気恥ずかしさと妙な誇らしさを感じながら、俺は大樹に向かって歩いていった。

本物のひぐらしの鳴き声を、もしかして俺は初めて聞いたかもしれない。

なぜこれがひぐらしだと分かるのかと言えば、夕方の効果音として映画やゲームでお馴染みだからだ。カナカナカナという切なげな鳴き声は、実際には周囲360度からまんべんなく響いてきて、映画よりもよほど映画らしい。

バサバサと大きな音をたて、ふいに目の前の茂みからスズメの群れが飛び立った。鳥は木にいるものと思い込んでいた俺はぎょっとするが、四葉は追いかけたりくるくると回ったりして、楽しそうだ。だいぶ山里に近づいてきたのか、夕食時の匂いがかすかに風に混じっている。人間の生活の匂いってこんなにくっきりと分かるものなのかと、俺はまたすこし驚く。

「もう、カタワレ時やなあ」

一日の行事を終え、宿題から解放されたようなすっきりとした声で四葉が言う。四葉も婆ちゃんも、スポットライトみたいな夕陽に真横から照らされていて、なんだか出来すぎた絵画のよう

91

「……わあぁ！」

眼下に見えはじめた山里の風景に、俺は思わず声を漏らした。

それは全景だった。湖を取り囲む三葉の町の、それは全景だった。町はすでに青い影の中にすっぽりと飲み込まれていて、でも湖だけがぽっかりと空の赤を映している。あちこちの斜面に、ピンク色の夕もやが湧き立ちつつある。人家からは夕餉の煙が何本も狼煙のように、細く高くたなびいている。町の上空を舞うスズメが、放課後の埃みたいにランダムにきらきらと輝いている。

「そろそろ彗星、見えるかな？」

四葉が夕陽を手のひらでさえぎりながら、空を探している。

「彗星？」

そういえば朝食時のテレビで、そんな話題をやっていたと俺は思い出す。数日前から、肉眼でも見えるほどの距離に彗星が近づいていること。今日は日没直後に、金星の斜め上を探せばその光を見つけられるだろうということ。

「彗星……」

もう一度、俺は声に出している。なにかを忘れているような気が、ふいにする。目を細め、俺も西の空を探す。それはすぐに見つかる。ひときわ明るい金星の上に、青く光る彗星の尾がある。

なにかが記憶の底から出たがっている。

そうだ、以前も、俺は、

この彗星を

「おや、三葉」

気づくと、婆ちゃんが覗き込むように俺を見上げている。黒く深い目玉の底に、俺の影が映っている。

「――あんた今、夢を見とるな？」

！

唐突に、
目を覚ましました。

跳ね上げたシーツが、ベッドの下に無音で落ちる。心臓が肋骨を持ち上げるくらい激しく動いている、はずなのに、自分の心音が聞こえない。おかしい——と思ったたん、すこしずつ血流が聞こえはじめる。窓の外の朝のスズメ、車のエンジン、電車の響き。自分がどこにいるのかをようやく思い出したように、耳が東京を捉え始める。

「……涙？」

頬に触れた俺の指先に、水滴がのっている。

なぜ？　理由が分からず、手のひらで目元をぬぐう。さっきまでの黄昏の景色も、婆ちゃんの言葉も、そうしているうちに水が砂に染みるようにして消えていく。

ぴろりん。

枕元でスマフォが鳴る。

もうすぐ着くよー。今日はよろしくね♡

奥寺先輩からのLINEだ。

着く？　なんのことだ……？　と、俺はハッとする。

「まさかまた三葉が！」

慌ててスマフォを操作し、三葉からのメモを見る。

「デートォ!?」

俺はベッドから飛び起き、全速力で身支度をした。

明日は奥寺先輩と六本木デートだよ！　四ツ谷駅前待ち合わせ、十時半。私が行きたいデートだけど、もし不本意にも瀧くんになっちゃったとしたら、ありがたく楽しんでくること。

待ち合わせ場所は、さいわいに近所だった。全速力で走ってきたおかげで約束までまだ十分ほどあると、俺は息を整えながらスマフォで確かめる。先輩はまだ来ていないかもしれない。休日

の午前中とはいえ、駅前はそれなりに賑わっている。

俺は汗をぬぐい、ジャケットの襟を整え、三葉のアホ、と三回呟いてから念のために先輩の姿を探し始めた。……あの奥寺先輩とデート？　しかも俺なにげに初デートじゃねえか。アイドルみたいな女優みたいなミス日本みたいな奥寺先輩と初デートなんて、ハードルめちゃくちゃ高すぎなんですけど。今からでも頼むから交代してくれよ三葉のアホ！

「たーきくん！」

「うわあっ！」

背後からの突然の声に、俺は情けない声を上げてしまう。慌てて振り向く。

「ごめん、待った？」

「待ってません！　あ、いや、待ちました！　あ、いえ、」

なにこの質問!?　待ったと答えれば申し訳ない気持ちにさせるかもしれず、待っていないと言えば遅刻と捉えられるリスクが発生するじゃないですか。あああ正解はどっちだ。

「えと、その……」

俺は焦りながらも顔を上げる。目の前に、奥寺先輩が微笑んで立っている。

「……！」

俺は目を大きく開く。黒のミュール、白のフレアミニ、黒のオフショルダー。モノトーンの服装からは肩や脚が眩しく露出していて、いくつかの金色のアクセサリーが肌の魅力を注意深く封印するみたいに配置されている。白い小さな帽子には、モカ色の大きなリボンがついている。

ものすごく垢抜けていて、ものすごく、綺麗だった。

「……今、来たとこっす」

「良かった!」と、屈託なく先輩が笑う。

「いこっか」

腕を取られる。……ああ、今一瞬、一瞬だけだけど、腕に胸が触れたんですけど。今すぐ街中のガラス窓を磨いてあげたい気分に、俺はなる。

「会話が、ぜんっぜん続かねえ……」

しかしトイレの中、鏡に頭を叩きつけたい気分で、俺は深くふかくうなだれている。

デート開始から三時間、俺はすでに人生マックスに疲れ切っていた。まさか自分にここまで対女性スキルがないとは思いもしなかった。いや、違う。違うと思いたい。なんの準備もなしに俺をこの状況に放り込んだ三葉が悪い。そしてなによりも、先輩が綺麗すぎるからいけないのだ。

なんせ、すれ違う人全員が、口をぽかんと開けて先輩を見るのだ。それから横を歩く俺をじろりと見て、どうしてこんなガキがという顔になる。すくなくとも俺にはそう見える。そりゃそうだ。俺だって分不相応だと知っている。ていうか俺が誘ったんじゃないんすよ！片っ端から肩を掴んで言い訳してまわりたくなる。だから俺は、なにを喋れば良いのかさっぱり分からなくなってしまう。空気を読んで先輩から話しかけてくれるけれど、俺はそれがいたたまれなくて、ますます上手く言葉を継げなくなる。

悪循環だ。

ちくしょお三葉、お前先輩と普段どんな会話してんだよ!?

救いを求めるように、俺はスマフォを開いて三葉からのメモを見る。

……とはいえ、どうせ君はデートなんかしたことないでしょう。

だから以下、瀧くんのために厳選リンク集をそろえてあげました！

「うお、マジか！」

なんだよこいつ神じゃねえか！　俺はすがるようにリンクを開く。

Link1：コミュ障のワイが恋人GETした件

Link2：人生で1ミリもモテたことがない、そんな君のための会話術！

Link3：もうウザイと思われない！　愛されメール特集

……なんか俺、あいつにすげえ舐められてる気がするんですけど……。

99

美術館を、俺はようやくすこしホッとした気分で歩いている。

「郷愁」と名付けられた写真展にはとりたてて興味もないけれど、喋らなくても不自然じゃないという空間がありがたいのだ。奥寺先輩は俺の二メートル先を、写真を眺めながら余裕の表情でゆっくりと歩いている。

富良野、津軽、三陸、陸前、会津、信州……地域ごとに展示エリアが分かれていて、しかしそのどれもが似たような田舎の風景に、俺には見える。

けれど——背景が山なのか海なのか夏なのか冬なのか、違いはせいぜいその程度だ。家も駅も道も人も妙に似ていて、そもそも日本の田舎ってどこにいってもこんな景色なんだろうなと俺は思う。これならば、たとえば「渋谷と池袋」とか「赤坂と吉祥寺」とか「目黒と立川」とか、東京の中の方がずっと街に個性がある。

飛騨、と書かれたエリアで、しかし足がひとりでに止まった。

ここは、他と違う。

いや、やはり似たような写真ばかりなのだけれど、俺はここを知っている。山の形、道のカーブ、湖のスケール、鳥居の佇まい、畑の配置。散らばった体育館シューズの中でもなぜか自分

の靴だけはすっと見つけられるみたいに、俺には自然に分かる。ガキの頃、夏休みに毎年遊びに行っていた親戚の田舎のような——実際にはそんな経験はないはずなのに、奇妙で強烈な既視感が、この場所にはある。ここは——

「瀧くん？」

声に目を向けると、先輩が俺の隣にいた。存在を、一瞬忘れていた。

瀧くんってさ、と、整った微笑で先輩が言う。

「今日は、なんだか別人みたいね」

くるりと、まるでモデルのように美しくターンして、先輩は俺を置いて歩き出す。

失敗した。

今日一日、俺は気の進まない課題を嫌々こなすようにして、三葉の立てたデートコースをただ辿っただけだった。言い訳ばかりを考え続けて、一緒にいる先輩の気持ちを想像もしなかった。俺だって本当は、先輩と過ごせて嬉しいはずなのに。こんな奇跡みたいな日がいつか来ることを、ずっと願っていたはずなのに。

歩道橋からは、さっきまでいた六本木のビル群がまっすぐに見えた。

無数の窓が夕日を反射し

て金色に輝いている。無言で歩く先輩の背中に、俺は目を戻す。

ぴかぴかの髪も、おろしたてみたいに見える帽子も服も、すくなくとも今日だけは、俺に見せるためのものだったのかもしれない。そう考えると胸が詰まった。急に酸素が薄くなったみたいに、息が苦しくなる。海面に必死に手を伸ばすみたいにして、俺はなんとか言葉を探す。

「あの、先輩」

奥寺先輩は振り向かない。

「……ええと、腹へりませんか？　どこかで晩飯とか——」

「今日は解散にしようか」

優しげな教師みたいな口調でそう言われ、

「はい」

とっさに間抜けな言葉を発してしまった。やっと振り向いた先輩の表情は、夕陽に紛れてよく見えない。

「瀧くんって……違ってたらごめんね？」

「はい」

「君は昔、私のことがちょっと好きだったでしょう」

102

「ええ！ バレてた!?　なんで!?」

「そして今は、他に好きな子がいるでしょう？」

「えええええ！」

熱帯雨林にワープさせられたみたいに、どっと汗が噴き出てくる。

「い、いませんよ！」

「ほんと？」

「い、いないっす！　ぜんぜん違いますっ！」

「ほんとかなあ？」

先輩が疑い深げに俺の顔を覗き込む。他に好きな子？　そんなのいないだろ、いないはずだ。

一瞬だけあいつの長い髪と胸の柔らかさが頭をよぎったけれど、すぐに消えた。

「ま、いいや」

さっぱりと明るい口調でそう言って、先輩の顔が遠ざかる。

「え？」

「今日はありがとね。またバイトでね」

ひらりと手を振って、それから先輩はあっさりと、俺を置いて歩き出す。俺はとっさに口を開

103

く。閉じる。もう一度開く。それでも言葉は出てこなくて、そうしているうちに先輩の背中は歩道橋を降り、駅前の人波に消えていった。

夏の端っこに一人取り残されたような気分で、俺は夕陽を眺めている。歩道橋の下は車がまったく途切れなくて、ずっと聞いていると、なんだか川にかかった本物の橋にいるような気がしてくる。雑居ビルの給水塔に、懐中電灯のような弱々しい夕陽が隠れていく。なにかを取り戻すみたいな熱心さで、俺はその一部始終をじっと見つめる。

すべきことはもっと他にあるような気もするけれど、具体的にはなにも思いつかないのだ。ただ三葉の町に、早くまた行きたかった。三葉になることは、三葉と話すことでもあった。俺たちは入れ替わりながら、同時に特別につながっていたのだ。体験を交換していたのだ。ムスビついていたのだ。三葉にならば、今日の出来事だって話せると俺は思う。だから君はモテないのよとか、そもそもお前が勝手な約束をするから悪いんだとか、軽口を叩き合いたかった。

スマフォのメモを開く。三葉からのメモの続きがある。

　デートが終わるころには、ちょうど空には彗星が見えるね。

きゃ～もうロマンチック、明日が楽しみ♡
私になっても瀧くんになっても、デートがんばろうね！

彗星？

空を見上げてみる。夕焼けの名残はすでになく、一等星がいくつかと、ジェット機がかすかな音を立てて飛んでいるだけだ。あたりまえだけれど、彗星なんてどこにもない。

「なに言ってんだ、こいつ？」

俺は小さく口に出した。そもそも目で見えるような彗星が来ているならば、結構なニュースになっているはずだ。三葉のなにかの勘違いかもしれない。

ふと、胸の裏側がざわりとうずく。

なにかが、頭から出たがっている。

スマフォを操作し、三葉の携帯番号を表示する。十一桁のその番号を、じっと見る。入れ替わりが起きはじめた頃、何度かけてもなぜか繋がらなかった番号。その番号に、指で触れる。発信音が鳴る。そして、スマフォから声が聞こえる。

105

お客さまのおかけになった電話番号は、現在使われていないか、電源が入っていないか、電波の届かない範囲にいるため……

ぽつんと置かれていた。

考えながら、ようやく歩道橋を降りた。頭上にはのっぺりと薄い半月が、誰かの忘れ物のようにればいい。彗星のことも訊いてみよう。明日か明後日にはどうせまた入れ替わるのだ。俺はそうやはり電話は通じないのだ。まあいい。散々だった今日の結果は、次に入れ替わった時に伝えスマフォを耳から離し、終了アイコンを俺は押す。

でもこの日以降もう二度と、俺と三葉との入れ替わりは起きなかった。

106

第四章

探訪

鉛筆を、ひたすらに動かす。

炭素粒子が、紙の繊維に吸着していく。それなのに、記憶の中の風景は未だ捉えきれない。

描線が重なり、白かったスケッチブックが次第に黒くなっていく。

通勤ラッシュの中、毎朝電車に乗って学校に行く。退屈な授業を聞く。司たちと弁当を食べる。街路樹がすこしずつ色づきはじめている。

街を歩き、空を見上げる。いつの間にか、空の青がすこし濃くなっている。

夜の部屋で、俺は絵を描く。机には図書館から借りてきた山岳図鑑が積まれている。スマフォで飛騨の山並みを検索する。記憶の中の風景とマッチする稜線を探す。それを、なんとかして紙

に写し取ろうと鉛筆を動かし続ける。

　アスファルトの匂いの雨が降る日。羊雲が輝く快晴の日。黄砂混じりの強い風が吹く日。毎朝、混んだ電車に乗って学校に行く。バイトにも通う。奥寺先輩と同じシフトの日もある。俺はなるべく彼女をまっすぐに見て、きちんと笑顔を作り、普通に話す。誰に対してもフェアでありたいと、強く思う。

　まだ真夏のように蒸す夜もあれば、もう肌寒くてジャージを羽織る夜もある。どういう夜でも、絵を描いていると頭が毛布でも巻かれているみたいに熱くなってくる。汗が大きな音を立ててスケッチブックに落ちる。描線を滲ませる。三葉として見てきたあの町の風景が、それでもすこしずつ、像を結びはじめる。

　学校帰り、バイト帰りに、俺は電車に乗らずに長い距離を歩く。東京の風景は日に日に変わっていく。新宿にも外苑にも四谷にも、弁慶橋のたもとにも安鎮坂の途中にも、気づけば巨大なクレーンが並び、鉄骨とガラスがすこしずつ空に伸びていく。その先には、半分に欠けたのっぺり

108

した月がある。

そしてようやく、俺は湖の町の風景画を何枚か仕上げる。

この週末、出かけよう。

そう決めて、俺は久しぶりにこわばっていた体から力が抜けていくのを感じる。立ち上がるのもおっくうで、そのまま机にうつぶせる。

眠りに落ちる直前、今日も強くつよく願った。

それなのにまた、三葉にはなれなかった。

*　　*

　　*　　*

*

とりあえず三日分の下着とスケッチブックを、リュックに詰めた。向こうはすこし寒いかもしれないと、大きなフードのついた厚手のジャンパーを羽織る。いつものようにお守りのミサンガを手首に巻き、家を出た。

普段の通学よりも早い時間とあって、電車は空いていた。だが、東京駅の構内はやはり人で溢

れている。キャリーバッグを引いた外国人の後に並び、自動券売機でとりあえず名古屋までの東海道新幹線の切符を買い、東海道新幹線の改札に向かう。

と、俺は思わず自分の目を疑った。

目の前の柱に、奥寺先輩と司が並んで立っている。先輩がにっと笑って言う。

「えへへ。来ちゃった!」

「……来ちゃったってちょっと、あんた萌えアニメのヒロインか!」

「な……なんでこんなところにいるんすか!?」

俺は司を睨みつける。なにか問題でも? というような涼しい顔で、奴は俺を見返す。

「司てめえ、俺が頼んだのは親へのアリバイと

バイトのシフトだろ!?」

声をひそめて、俺は隣の座席の司に訴える。

新幹線の自由席は、ほとんどがスーツ姿のサラリーマンで埋まっている。

「バイトは高木に頼んだ」

さらりと答え、司はスマフォを俺の前にかかげる。まーかせとけ! と爽やかに言いながら、高木が親指を立てている。

「でも、メシおごれよ」とムービーの高木が言う。

「どいつもこいつも……」

俺は苦々しく呟く。司に頼んだのが失敗だった。どうしても知り合いに会わなければいけない用事が出来たから、なにも聞かずに留守中の言い訳に使わせてくれ。そう言って俺は昨日、司に頭を下げたのだ。

飛騨に行くつもりだった。

「お前が心配で来たんだよ」1ミリも悪びれた様子もなく司が言う。

「放っておけないだろ? 美人局とか出てきたらどうすんだ?」

「ツツモタセ?」

なに言ってんだ、こいつ?

眉を寄せた俺を、司の奥に座っている奥寺先輩が覗き込む。

「瀧くん、メル友に会いに行くんだって？」

「はあ？　いやメル友っていうか、それは方便で……」昨夜、誰かに会いに行くんだとしつこく食い下がる司に、SNSで知りあった人だと曖昧に答えたのだ。司が先輩に深刻な口調で言う。

「ぶっちゃけ、出会い系かと」

俺はお茶を吹き出しそうになる。

「ちげえよ！」

「お前、最近やけに危なっかしいからな」と、ポッキーの箱をこちらに差し出しながら司が心配そうな顔をする。

「離れて見ててやるから」

「俺は小学生か！」

くってかかる俺を、奥寺先輩が「ははーん」という表情で見ている。このヒトも絶対に誤解している。先が思いやられると、俺は暗い気持ちで思う。まもなく――、なごやー。と、車内放送がのんびりと言う。

三葉との入れ替わりは、ある日突然に起き、突然に終わった。理由はいくら考えても分からな

かった。そうやって何週間か経つうちに、あれは単にリアルな夢に過ぎなかったのではないかとの疑念が、次第に膨らんできた。

だが、証拠はあるのだ。スマフォに残された三葉の日記は、到底俺自身の中から出てきた言葉とは思えなかった。奥寺先輩とのデートだって、俺が俺自身だったならば起き得たはずはないのだ。三葉は、確かに実在する少女なのだ。あいつの体温も鼓動も、息づかいも声も、まぶたを透かす鮮やかな赤も鼓膜に届く瑞々しい波長も、俺は確かに感じていたのだ。あれで生きていないのだとしたら、なにも生きていない。そう思えるくらいに、あれは命だった。三葉は現実だった。

だから、その体験が唐突に途切れてしまったことが、俺は妙に不安だった。三葉になにかあったのかもしれない。熱を出したとか、ひょっとしたらなにかの事故とか。それは考えすぎだとしても、すくなくとも三葉もこの事態を不安に思っていることは間違いない。だから俺は、直接あいつに会いに行くことにしたのだ。したのだが――

「はあ？　詳しい場所は分からない？」

特急『ひだ』の四人がけボックス席で駅弁を頬張りながら、奥寺先輩が呆れたように言う。

「はぁ……」

「手掛かりは町の風景だけ？　その子との連絡も取れない？　なんなのよソレ!?」

113

勝手についてきたくせに、なぜ俺が責められるのだ。お前なんとか言えよ、という気持ちで俺は司を見る。味噌カツを飲み込み、司が言う。

「まったく、呆れた幹事だな」

「幹事じゃねえ!」

思わず怒鳴ってしまう。こいつら完璧に遠足気分じゃねえか。そんな俺を、先輩と司はそろって「仕方がない子ね」という顔で見ている。ていうかなんで上から目線なんですか。

まあいいわ、と先輩が言う。ふいに笑顔になって、胸を張る。

「安心しなさい瀧くん。私たちが一緒に探してあげるわ」

「きゃ〜可愛い〜! ねえ瀧くん、見てみて〜!」

昼も過ぎてからようやく降り立ったローカル線の駅で、地元のゆるキャラを前に先輩が黄色い声をあげている。駅員の帽子をかぶった飛騨牛の着ぐるみで、小さな駅舎には司のスマフォのシャッター音が響きまくっている。

「邪魔だなあ……」

俺は駅舎に掲示された町マップを睨みつつ、こいつらは絶対に役に立たない、と確信を深めた。

114

一人でなんとか探し当てるのだ。

プランは、こうだ。

三葉の町の具体的な場所が分かっているわけではないから、記憶にある風景から「だいたいこのあたりなら遠くはないだろう」という場所まで電車で行く。そこからは、俺の描いた風景スケッチだけが手掛かりとなる。スケッチを地元の人に見てもらい、見覚えがないか聞いて回りつつ、ローカル線に沿ってすこしずつ北上していくのだ。記憶の中の風景には踏切もあったから、鉄道沿いに探していくのは有効なはずだ。計画とも言えないような漠然としたやり方だけれど、他に方法も見つからなかった。それに湖のほとりの町というのはそこまでありふれてはいないはずだ。夜までにはなにかヒントくらいは掴めるのではないかと、根拠はないけれど自信はあった。

俺は気合いを入れて、まずは駅前に一台だけ停まっているタクシーの運転手さんに声をかけるべく、大きく一歩を踏みだした。

「……やっぱり無理か……」

バス停にぐったりと座り込み、俺は深くうなだれている。

聞き込みを始めた時にはぱんぱんにみなぎっていたあの自信は、もうすっかりしぼんでいる。

115

最初のタクシーにすげなく「うーん、知らん」と言われて以降、交番、コンビニ、土産物屋、民宿、定食屋、農家から小学生にいたるまで、なりふり構わず声をかけたがことごとく成果はなかった。ローカル列車も日中は二時間に一本というすくなさで移動もままならず、ならばバスで聞き込みをと勇んで乗り込んだものの乗客は俺たちだけで、もはや運転手さんに訊いてみる気にもなれず、終点のバス停は見渡す限り人家のない僻地だった。この間ずっと、司と奥寺先輩はしりとりとかトランプとかソシャゲとかグミチョコジャンケンとかおやつタイムとか、ひたすら楽しそうに遠足を満喫しており、しまいにはバスの中では俺の両肩に寄りかかり気持ちよさそうに寝息を立てていた。

俺の溜息を耳にして、バス停の前でコーラなどをごくごく飲んでいた先輩と司が声をそろえた。

「ええ、もうあきらめるのかよ瀧!?」

「私たちの努力はどうなるのよ！」

どっはあああぁー、と、俺は肺ごとこぼれ落ちてしまいそうな深い息をはく。先輩の妙に気合いの入った本格トレッキングファッションと、対照的に近所に散歩に来ただけのような司のごく普通のチノパン姿が、今となっては非常にムカつく。

「あんたたち、1ミリも役に立ってないじゃん……」

116

「アラそうかしら？　というような無垢な表情を二人はする。

私、高山ラーメンひとつと、

俺、高山ラーメンひとつと、

あ、じゃあ、俺も高山ラーメンひとつ。

「はいよ。ラーメン三丁！」

おばちゃんの元気な声が店に響く。

異様に遠い隣駅までの不毛な道のりの途中、奇跡のように営業しているラーメン屋を見つけ、俺たちはとにもかくにも駆け込んだ。いらっしゃいませ、という三角巾をかぶったおばちゃんの笑顔が、遭難中にようやく出会えた救援隊みたいに輝いて見えた。

ラーメンも美味かった。名前に反してごく普通のラーメンだったけれど（飛騨牛肉でも載っているのかと思ったらチャーシューだった）、麺も野菜も食べた端から体が充電されていくようで、俺はスープも最後まで飲み干しコップの水を二杯飲んで、ようやく息をついた。

「今日中に東京に戻れるかな？」と俺は司に訊いてみる。

「ああ……どうかな、ぎりぎりかもな。　調べてみるか」

意外だなという顔を司はしたが、それでもスマフォを取り出して帰路の方法を調べ始めてくれる。サンキュ、と俺は言う。

「……瀧くん、本当にそれでいいの?」

まだ食べ終えていない先輩が、テーブルの向かいから俺に問う。どう答えるべきかとっさには分からなくて、俺は窓の外を見る。太陽はまだぎりぎり山の端にひっかかっていて、県道沿いの畑をのどかに照らしている。

「……なんて言うか、ぜんぜん見当違いのことをしてるような気がしてきて」

半ば自分自身に向けて、俺は呟く。東京に戻って、もう一度作戦を立て直した方が良いのかもしれない。写真ならともかく、こんなスケッチから町を探し出すなんてやはり無理があったのかもしれない。スケッチブックを手にとって眺めながら、俺はそんなふうに思い始める。丸い湖を中心にして、ありふれた民家が点在するごく普通の田舎町。描き終えた時はあれほど手応えがあったのに、今は単なる匿名的で凡庸な風景に見えてくる。

「それ、昔のイトモリやろ?」

え? と振り返ると、おばちゃんのエプロンが視界に入った。空になったコップに水を注いでくれている。

118

「お兄ちゃんが描いたの？　な、ちょっと見せてくれる？」

そう言って、おばちゃんは俺からスケッチブックを受け取る。

「よく描けとるわ。なあ、ちょっと、あんた！」

厨房に向かい声を張り上げるおばちゃんを、俺たち三人は口を開けて眺めている。

「ああ、ほんとに、以前のイトモリやな。懐かしいな」

「うちの人、イトモリ出身なんやわ」

厨房から出てきたラーメン屋のオヤジが、目を細めてスケッチに見入っている。

――イトモリ……？

突然に、俺は思い出す。椅子から立ち上がる。

「イトモリ……、糸守町！　そうだ、なんで思い出せなかったんだろう、糸守町です！　そこ、この近くですよね!?」

夫婦が不思議そうな顔をする。怪訝そうに、顔を見合わせる。オヤジが口を開く。

「あんた……知っとるやろ、糸守町ってのは……」

司がふいに声を上げる。

「糸守って……瀧、お前まさか」

「え、それって、あの彗星の⁉」

奥寺先輩までがそう言って俺を見る。

「え……？」

わけがわからず、俺は皆を見回す。全員が、不審げな色で俺を見ている。頭の中からずっと出たがっていたなにかの影が、ざわざわと、不吉な気配を増していく。

ぞっとするくらい寂しげに、トンビの鳴き声が大気にたなびく。

進入禁止のバリケードがどこまでも並び、割れたアスファルトに長い影を落としている。

災害対策基本法によりここから立入禁止。KEEP OUT。復興庁。そんな字面が、蔦の絡まった看板に並んでいる。

そして俺の眼下には、巨大な力でずたずたに引き裂かれ、ほとんどが湖に飲み込まれた糸守町の姿がある。

「……ねえ、本当にこの場所なの？」

後ろから歩いてきた先輩が、震えるような声で俺に訊く。俺の返事を待たず、司のやけに明るい声が答える。

120

「まさか！　だからさっきから言ってるように、　瀧の勘違いですよ」

「……間違いない」

俺は眼下の廃墟から目をはがし、　自分の周囲をぐるりと見回しながら言う。

「町だけじゃない。この校庭、周りの山、この高校だって、はっきりと覚えてる！」

自身に言い聞かせるために、俺は大声で叫ばなければならない。湖を一望できる糸守高校の校庭に、俺

け、ところどころ窓ガラスの割れた校舎が建っている。

たちはいる。

「じゃあ、ここがお前が探していた町だってことか？　お前のメル友が住んでる町だって？」

乾いた笑いを声に貼りつかせたまま、司が大声を出す。

「そんなわけねえだろ！　三年前に何百人も死んだあの災害、瀧だって覚えてるだろ!?」

俺はその言葉に、ようやく司の顔を見る。

「……死んだ？」

顔を見たはずが、俺の視線は司をすり抜け、その後ろの高校をすり抜け、どこかに吸い込まれ

てしまう。俺の目はなにかを見ているはずなのに、なにも見ていない。

「……三年前に──死んだ？」

121

ふと、俺は思い出す。

三年前、東京の空に見た彗星。西の空に落ちていく無数の流星。夢の景色のように美しいと思った、あの時の昂ぶり。

あの時に、死んだ？

――だめだ。

認めてはだめだ。

俺は言葉を探す。証拠を探す。

「まさか……だってほら、あいつの書いた日記だってちゃんと」

俺はポケットからスマフォを取り出す。もたもたするとバッテリーが永遠に切れてしまう、そんな意味のない妄想に駆られながら焦って操作して、三葉の日記を呼び出す。日記はちゃんとそこにある。

「……！」

俺は目を強くこする。日記の文字がぞわりと動いたような気が、一瞬したのだ。

「……なっ」

一文字、また一文字。

三葉の書いた文章が、意味の分からない文字に化けていく。やがてろうそくの炎みたいに一瞬またたいて、消える。そうやって、三葉の日記が一つひとつ、エントリーごと消えていく。まるで目に見えない誰かの手が削除アイコンを押し続けているみたいに。そして俺の見ている目の前で、三葉の文章はすべて消えてしまう。

「どうして……」

小さく口に出す。トンビの一鳴きが、高く遠く、また響く。

千二百年周期で太陽を公転するティアマト彗星、それが地球に最接近したのが三年前の十月、ちょうど今頃の季節だった。七十六年ごとに訪れるハレー彗星とは比べものにならないほどの超長周期で、軌道長半径は百六十八億km以上に及ぶという壮大なスケールを持つ彗星の来訪。しかも、予想される近地点は約十二万km、つまり月よりも近くを通過するという。千二百年ぶりに、青く輝く彗星の尾が夜空の半球にわたってたなびくというのだ。ティアマト彗星は、

世界的な祝祭ムードの中で迎えられた。

そしてその核が地球の近傍で砕けるのを、その瞬間まで誰も予想できなかった。しかも氷で覆われたその内部には、直径約四十メートルの岩塊がひそんでいたのだ。彗星の片割れは隕石となり、秒速三十km以上の破壊的なスピードで地表に落下した。落下地点は日本──そこは不幸なことに人間の居住地、糸守町だった。

町は、その日がちょうど秋祭りだった。落下時刻は二十時四十二分。衝突地点は、祭りの屋台で賑わっていたであろう宮水神社付近。

隕石落下により、神社を中心とした広範囲が瞬時に壊滅した。家屋や森林の破壊に留まらず、衝撃により地表ごと大きくえぐられ、直径ほぼ一kmにも及ぶクレーターが形成された。さらに五km離れた地点でも一秒後にはマグニチュード4.8の揺れが伝わり、十五秒後には爆風が吹き抜け、町の広範囲が甚大な被害に見舞われた。最終的な犠牲者は五百人以上にのぼり、それは町の人口の1／3にあたる。

糸守町は、人類史上最悪の隕石災害の舞台となったのだ。

クレーターはもともとあった糸守湖に隣接して形成されたため、内部に水が流れ込み、最終的には一つのひょうたん型の湖、新糸守湖となった。

町の南側は比較的被害がすくなかったが、被害を免れた千人ほどの住民についても、その後は

124

十四ヶ月後、糸守町は名実ともに消滅した。

町からの転出者が相次いだ。一年を待たずして自治体としての維持が困難となり、隕石落下から

——これはすでに教科書的事実だから、俺だってだいたいのことはもちろん知っていた。三年前、俺は中学生だった。近所の高台からティアマト彗星を実際に眺めたことも覚えている。

だが、おかしい。

つじつまが合わない。

俺はつい先月まで何回も、三葉として糸守町で暮らしてきたのだ。

だから俺が見たのは、三葉の住まいは、糸守町ではない。

彗星と三葉との入れ替わりは、無関係だ。

そう考えるのが自然だった。そう考えたかった。

だが、糸守町近隣にあるこの市立図書館で本をめくりながら、俺はどうしようもなく混乱している。さっきから頭の芯で、お前が過ごした場所はここなのだと誰かが囁き続けている。

『消えた糸守町・全記録』

『一夜にして水に沈んだ郷・糸守町』

『ティアマト彗星の悲劇』

そんなタイトルのついた分厚い本を、俺は片端からめくる。これらの本に載っている在りし日の糸守町の写真は、どう見ても、俺が過ごした場所なのだ。この小学校は、四葉の通う建物。宮水神社は、婆ちゃんが神主をしているあの神社だ。このだだっ広い駐車場も、二軒並んだスナックも、納屋みたいなコンビニも、山道の小さな踏切も、もちろん糸守高校も、今となってはすべてにくっきりと見覚えがある。あの廃墟の町並みをこの目で見てからは、かえって記憶が鮮明になっている。

息が苦しい。不規則に暴れている心臓が、いつまでも収まらない。

鮮やかな写真の数々に、現実感と空気が無音のまま吸い込まれていくような気がする。

「糸守高校・最後の体育祭」

そう題された写真がある。二人三脚をしている高校生たち。その端っこの二人に、俺は見覚えがあるような気がする。一人は前髪ぱっつんのお下げ髪。もう一人は、オレンジ色の紐で髪を結った少女。

空気がさらに薄くなる。

首の後ろにどろりと熱い血が垂れた気がして、手でぬぐうと透明な汗だった。

「——瀧」

顔を上げると、司と奥寺先輩が立っていた。二人は俺に一冊の本を手渡す。分厚い表紙に、箔押しの重々しい書体で

『糸守町彗星災害　犠牲者名簿目録類』

と書いてある。俺はページをめくる。犠牲者の名前と住所が、地区ごとに掲載されている。指で辿る。ページをめくっていく。やがて見覚えのある名前で、指が止まる。

勅使河原　克彦　⑰

名取　早耶香　⑰

「テシガワラと、サヤちん……」

俺の呟きに、司と先輩の息を呑む気配がする。

そして俺は、決定的な名前を見つけてしまう。

127

宮水 一葉（82）
宮水 三葉（17）
宮水 四葉（9）

二人が、俺の後ろから名簿を覗き込む。

「この子なの……？　絶対なにかの間違いだよ！　だってこの人」

奥寺先輩が、なんだか泣き出しそうな声で言う。

「三年前に、亡くなってるのよ」

俺はその言葉を押し返すために、大声で叫ぶ。

「——つい二、三週間か前に！」

息が苦しい。　必死に吸って、続ける。　今度は囁きになる。

「彗星が見えるねって、こいつは俺に言ったんです……」

目を、なんとか『三葉』の文字から引き剥がしながら俺は言う。

「だから……！」

顔を上げると、目の前の暗い窓に俺の顔が映っている。　お前は誰だと、とっさに思う。　頭の奥

のずっと遠くから、しわがれた声が聞こえる。おや、あんた――

あんた今、夢を見とるな?

夢? 俺は激しく混乱する。

俺は、

いったい、

なにをしている?

＊

＊　　＊

＊　　＊　　＊

隣の部屋から、宴会の音が聞こえている。

誰かがなにかを言って、どっと笑い声があがり、どしゃ降りのような拍手が響く。さっきから、それが繰り返されている。なんの集まりなのだろうと、耳をすましてみる。しかしどんなに聴いても、単語がひとつも拾えない。分かるのは日本語だということだけだ。

129

ゴン！　と大きな音がして、気づけば俺は机にうつぶせていた。額を打ったのか、鈍い痛みが遅れてやってくる。もう、くたくたなのだ。

当時の新聞の縮刷版や、週刊誌のバックナンバー。いくら読んでももう文章が頭に入ってこなくなってしまった。スマフォも何度も確かめてみたが、あいつの日記はやはり一つもなかった。

痕跡は消えてしまった。

うつぶせたままで、目を開く。　数ミリ先にある机を睨みつけながら、この数時間の結論を口に出してみる。

「全部、ただの夢で……」

俺はそれを信じたいのか、信じたくないのか。

「景色に見覚えがあったのは、三年前のニュースを無意識に覚えていたから。……それから、あいつの存在は……」

あいつの存在は、なんだ？

「……幽霊？　いや……全部……」

全部、俺の、

「……妄想？」

ハッとして、顔を上げる。

なにかが、消えている。

——あいつの。

「……あいつの名前、なんだっけ……？」

コンコン。

突然ノックが響いて、薄い木のドアが開いた。

「司くん、お風呂行ってくるって」

そう言いながら、旅館の浴衣を着た先輩が入ってくる。よそよそしかった部屋が、急に柔らかな空気になる。　俺はやけにホッとする。

「あの、先輩」

椅子から立ち、リュックの前にしゃがみ込んでいる先輩に声をかける。

「俺、なんかおかしなことばかり言ってて……。今日一日、すみません」

なにかを丁寧に封印するみたいにリュックのファスナーを閉めて、先輩が立ち上がる。それがどこかスローモーションのように、俺には見える。

「……うん」

そう言って、かすかな笑みで先輩は首を振る。

「一部屋しか取れなくて、すみません」

「下で司くんにも同じこと言われたわよ」

そう言って、先輩はおかしそうに笑った。俺たちは窓際の小さなテーブルに、向かい合って座っている。

「私はぜんぜん平気。今夜はたまたま団体さんが入っちゃって、部屋が空いてないんだってね。教員組合の懇親会だって、宿のおじさんが言ってたよ」

それから、お風呂上がりに休憩室で梨をご馳走になってきちゃったと、楽しそうに先輩は言う。

この人には誰だって、なにかを差し出したくなるのだ。旅館のシャンプーの匂いが、遠い外国の特別な香水のように俺に届く。

「へえ。糸守町って組紐の産地でもあったのね。きれい」

先輩は、糸守町の郷土資料本をめくりながら呟く。俺が図書館から借りてきたうちの一冊。

「私のお母さん時々着物を着るから、うちにも何本かあるのよ。……あ、ねえ」

俺は湯飲みを持った手を止めた。先輩が、俺の右手首を見ている。

132

「瀧くんのそれも、もしかして組紐?」

「ああ、これは……」

湯飲みをテーブルに置き、自分の手首を俺も見る。いつものお守り。糸というよりはもっと太い、オレンジ色の鮮やかな紐が手首に巻き付けてある。

……あれ?

これは、たしか——

「たしか、ずっと前に、人からもらって……お守り代わりに、時々つけてて……」

頭の芯が、ふたたびうずく。

「誰に……?」

と俺は呟く。思い出せない。

でも、この紐を辿ればなにかがある、そんな気がする。

「……ねえ、瀧くんも」

優しげな声に顔を上げると、先輩の心配そうな顔がある。「お風呂、入ってきたら?」

「お風呂……はい……」

でも、俺はすぐに先輩から目を離す。ふたたび組紐を見つめる。ここで手を離せば永遠に届か

ない。そんな気持ちで、俺は必死に記憶を探る。いつの間にか宴会は終わっている。　秋の虫の音

が、ひっそりと部屋に満ちている。

「……俺、組紐を作る人に聞いたことがあるんです」

あれは、誰の声だ？　優しくてしわがれていて穏やかな。　昔話みたいな。

「紐は、時間の流れそのものだって。　捻れたり絡まったり、戻ったりつながったり。　それが時間

なんだって。それが……」

秋の山。沢の音。水の匂い。　甘い麦茶の味。

「それが、ムスビ──」

弾かれたように、頭の中に風景が広がった。

山の上のご神体。そこに奉納した、あの酒。

「……あの場所なら……！」

俺は積まれた本の下から地図を引きずり出し、広げる。　個人商店で埃をかぶっていた、三年前

の糸守町の地図。まだ湖が一つだった頃の地形。　酒を奉納したあの場所は、隕石の被害範囲の

ずっと外だったはずだ。

あの場所まで行ければ。　あの場所に、あの酒があれば。

俺は鉛筆を手にとって、それらしい地形を探す。あれは神社よりずっと北側の地形だった。それらしい場所がないか、必死で探す。

遠くで先輩の声が聞こえたような気がしたけれど、俺はもう、地図から目を離すことが出来なかった。

　　　　……くん。……たきくん。

　誰かに、名を呼ばれている。女の声だ。

「たきくん、瀧くん」

　泣き出しそうに切実な声。遠い星の瞬きのような、寂しげに震える声。

「覚えて、ない？」

　そこで、目が覚めた。

　……そうだ、ここは旅館だ。俺は窓際のテーブルにうつぶせて眠っていたのだ。部屋は異様に静かだ。虫の音も車の音もしないから、布団で眠っている司と先輩の気配がする。引き戸の向こうから、風も吹いていない。

135

俺は体を起こす。　衣擦れの音が、ドキッとするほど大きく響いた。　窓の外は、かすかに白みは
じめている。

俺は手首の組紐を見る。　さっきの少女の声、その残響が、まだうっすらと鼓膜に残っている。

——お前は、誰だ。

名も知らぬ少女に問いかけてみる。　当然、返事はない。

でも、まあ、いい。

奥寺先輩・司へ　どうしても行ってみたい場所があります。

先に東京に帰っていてください。　勝手ですみません。　後から必ず帰ります。

ありがとう　瀧

とメモに書いて、すこし考えて財布から五千円札を出し、メモと一緒に湯飲みの下に置いた。

まだ会ったことのない君を、これから俺は探しに行く。

＊　　　＊　　　＊

無口でそっけないけど、とても親切な人だ。　俺は隣でハンドルを握る筋張った手を見ながら、そう思う。

昨日、俺たちを糸守高校まで連れていってくれたのも、このラーメン屋のオヤジだった。今朝も早朝の電話にもかかわらず、頼みを聞いて車を出してくれた。駄目ならヒッチハイクをしてみるつもりだったけれど、誰も住んでいない廃墟の町まで乗せていってくれる車があるとは、今となってはとても思えなかった。飛騨でこの人と出会えたのは、本当に運が良かったのだ。

助手席の窓からは、新糸守湖の縁が見下ろせた。半壊した民家や途切れたアスファルトが水に浸かっている。　湖のかなり沖合にも、電柱や鉄骨が突き出ているのが見える。異常な風景のはずなのに、テレビや写真で見慣れているせいか、ここは最初からこういう場所だったという気がしてくる。　だから眼前にあるこの風景になにを思えばいいのか、怒ればいいのか、悲しめばいいのか、怖がればいいのか、あるいは自分の無力を嘆けばいいのか――よく分からなくなってくる。俺は風景に意味を探すのをあきらめ、空を見る。　灰色の雲が、神さまが置いた巨大な蓋のように頭上にかかって一つの町が失われるというのは、たぶん普通の人間の理解を超えた現象なのだ。

137

いる。

湖に沿うように北上し、もう車ではこれ以上登れないというところまで来て、オヤジはサイドブレーキを上げた。

「ひと雨来るかもしれんな」

フロントガラスを見上げ、ぼそりと言う。

「ここはそう険しい山やないが、無理はしちゃいかん。なんかあったら必ず電話しろ」

「はい」

「それから、これ」

そう言って、大きな弁当箱を突きつけるように差し出してくる。「上で喰え」

思わず両手で受け取ると、ずっしりと重い。

「あ、ありがとうございます……」

なにからなにまで。どうして俺なんかにこれほど親切に。あ、そうだラーメンすげえ美味かったです。どの言葉も思うように口から出てこなくて、スミマセン、と小さく言えただけだった。

オヤジはすこしだけ目を細め、煙草を取り出し、火を点けた。

138

「あんたの事情は知らんが」そう言って煙を吐き出す。

「あんたの描いた糸守。あらあ良かった」

ふいに胸が詰まる。遠雷が、小さく鳴った。

獣道のような頼りない参道を、俺は歩いている。

時折立ち止まり、地図に書き込んだ目的地と、スマフォのGPSを突き合わせる。

やんと近づいている。周囲の風景もどこか見覚えがあるような気がするけれど、夢の中で一度登っただけの山だ。そこまでの確証はなかった。だからとにかく、地図に沿うしかない。

車から降りた後、オヤジが視界から消えるまで、俺は深く頭を下げ続けた。そうしていると、司と奥寺先輩の顔も思い浮かんだ。結局のところオヤジもあの二人も、俺が心配でこんなところまで付き合ってくれたのだ。俺はきっと、よほどひどい顔をしていたのだ。たぶんずっと、泣き出しそうな顔をしていたのだ。放っておきたくてもそれが出来ないくらい、きっと押しつけがましく弱っていたのだ。

──いつまでも、そんな顔をしているわけにはいかない。誰かの差し出す手に甘え続けてはいられない。

139

木々の隙間に見えはじめた新糸守守湖を眺めながら、俺は強くそう思う。ふいに、大きな雨粒が顔に当たった。ぱら・ぱら・ぱらと、周囲の葉が音を立てはじめる。俺はフードをかぶって駆け出す。

どしゃ降りの雨が、土を削り取るような勢いで降り続いている。

気温が、雨に吸い取られてみるみる下がっていくのが、肌で分かる。

俺は小さな洞窟で、弁当を食べながら雨が弱まるのを待っている。拳ほどもある大きなサイズの握り飯が三つと、たっぷりのおかず。厚切りのチャーシューやごま油で炒めたモヤシが、いかにもラーメン屋さんの弁当という感じでおかしかった。寒さに震えていた体が、弁当を食べたぶんだけ熱を取り戻していく。飯粒を噛んで飲み込むと、食道と胃の場所がくっきりと分かる。

ムスビだ、と俺は思う。

水でも、米でも、酒でも、なにかを体に入れる行いもまた、ムスビという。体に入ったものは、魂とムスビつくから。

あの日俺は、このことを目が覚めても覚えていようと思ったのだ。口に出してみる。

「……捻れて絡まって、時には戻り、またつながって。それがムスビ、それが時間」

140

手首の紐を見る。

まだ、途切れていない。まだ、つながれるはず。

いつの間にか樹木の姿は消え、周囲は苔だらけの岩場となっている。眼下には、分厚い雲の隙間にひょうたん型の湖が切れぎれに見えている。山頂に、ついに来たのだ。

「……あった」

果たしてその先には、カルデラ型の窪地と、ご神体の巨木の姿。

「……本当に、あった！　……夢じゃ、なかった……！」

小降りになった雨が、涙のように頬を垂れる。俺は袖で乱暴に顔をぬぐって、カルデラの斜面を降り始める。

記憶では小川だったはずの流れが、ちょっとした池ほどの大きさで目の前に横たわっている。

この雨で増水したのか、あるいは、地形が変わるほどの時間があの夢から経ったのか。いずれにせよ、巨木は池を挟んだ数十メートル先だ。

ここから先は、あの世。

確か、誰かがそう言っていた。では、これは三途の川か。

141

水に足を踏み込む。ジャバン！　とまるで湯船に足をつけたように水音が大きく反響して、この窪地が異様なまでに静かだったことに今さらに気づく。膝上までの重い水の中を歩くと、一歩毎に大きな水音が響く。俺は無垢で真っ白だったなにかを土足で汚しているような気持ちになってくる。俺がやってくるまでは、この場所は完璧な沈黙の中にあったのだ。俺は歓迎されていない。直感的にそう思う。体温が、ふたたび冷たい水に吸い出されていく。やがて俺は胸元まで水に浸かり、それでも、なんとか池を渡りきる。

その巨木は、大きな一枚岩に根を絡ませて立っていた。

樹がご神体なのか、岩がご神体なのか、それとも両者が絡まったこの姿が信仰の対象なのか、俺にはよく分からない。根と岩の隙間に小さな階段があり、そこを降りると、四畳程度の空間がぽっかりと口をあけている。

外よりも、そこは一層に沈黙が深かった。

俺は凍える手で胸のファスナーを開け、スマフォを取り出した。濡れていないことを確認する。

電源を入れる。その動作一つひとつが、暗闇で暴力的なほど大きな音を立てる。フォン、という場違いな電子音を響かせ、懐中電灯代わりにスマフォのライトを点けた。

そしてそこには、色と温度というものがなかった。

ライトに照らされて浮かび上がった小さな社は、完璧なグレイだった。石造りの小さな祭壇に、十センチ程度の瓶子が二つ、並んでいた。

「俺たちが、運んできた酒だ……」

俺はその表面にそっと手を触れる。いつの間にかもう、寒くはなかった。

「こっちが妹で」

形を確かめ、左側の瓶子を掴む。持ち上げる時に、かすかな抵抗と、ベリ、という乾いた音がする。苔が根を張っていたのだ。

「こっちが、俺が持ってきたもの」

俺はその場に座り込み、目に近づけて、ライトで照らす。ぴかぴかだったはずの陶器の表面が、びっしりと苔で覆われている。ずいぶん時間が経っているように見える。ずっと胸の中にあった考えを、俺は口に出してみる。

「……三年前のあいつと、俺は入れ替わってたってことか？」

蓋を封印している組紐をほどく。蓋の下には、さらにコルク栓がしてある。

「三年、時間がずれていた？　入れ替わりが途切れたのは、三年前に隕石が落ちて、あいつが死んだから？」

コルク栓を抜く。かすかなアルコールの匂いが立つ。蓋に、酒を注いでみる。

「あいつの、半分……」

ライトを近づけてみる。口噛み酒は透きとおっていて、ところどころに小さな粒子が浮いている。ライトを反射して、液体の中でキラキラと瞬いている。

「ムスビ。捻れて絡まって、時には戻って、またつながって」

144

酒を注いだ蓋を、口に近づける。

「……本当に時間が戻るのなら。もう一度だけ――」

あいつの体に！　そう願いながら、一口で飲み干した。それは胃の底で、弾けるように身体中に大きく響く。体の中を熱い塊が通り抜けていく。喉が鳴る音が、驚くくらいに大きく響く。

「……」

でも、なにも起きない。

俺は、しばらくじっとしてみる。

慣れない酒に、すこし体温が上がったような気がする。でも、それだけだ。

頭にすこしだけ、ぼんやりとした浮遊感がある。でも、それだけだ。

……駄目なのか。

俺は膝を立て、立ち上がる。と、ふいに足がもつれた。視界が回る。転ぶ、と俺は思う。

――おかしい。

俺は仰向けに転んだはずなのに、背中がいつまで経っても地面にぶつからない。視界はゆっくりと回転し、やがて天井が目に入る。俺の左手はスマフォを持ったままだ。ライトが、天井を照らす。

「……彗星……！」

思わず声に出した。

そこには、巨大な彗星が描かれていた。

岩に刻まれた、とても古い絵だ。天に長く尾を引く巨大なほうき星。赤や青の顔料が、ライトを受けてちらちらと光っている。そしてゆっくりと、その絵は天井から浮き上がりはじめる。

目を見張った。

その絵が、描かれた彗星が、俺に向かって落ちてくる。

ゆっくりと、それは目前まで迫る。大気との摩擦熱で燃え上がり、岩塊がガラス質となり、宝石のように輝いている。そんなディテイルまで、くっきりと俺には見える。

仰向けに倒れた俺の頭が石に打ちつけられるのと、彗星が俺の体にぶつかったのは、同時だった。

第五章 記憶

どこまでも落ちていく。

あるいは、昇っていく。

そんな判然としない浮遊感の中、夜空には彗星が輝いている。

彗星はふいに割れ、片割れが落ちてくる。

その隕石は、山間の集落に落ちる。人がたくさん死ぬ。湖が出来、集落は滅びる。時が経ち、湖の周囲にはやがてまた集落が出来る。湖は魚をもたらし、集落は栄える。それから永い時が経ち、また彗星がやってくる。ふたたび星が落ち、ふたたび人が死ぬ。

この列島に人が棲みついてから二度、それは繰り返された。

人はそれを記憶に留めようとする。なんとか後の世に伝えようとする。文字よりも長く残る方

法で。　彗星を龍として。　彗星を紐として。　割れる彗星を、舞いのしぐさに。

世に落ちる。
最初は二人で一つだったのに、その緒が断ち切られる。
そして残酷な手応えとともに、つながっていたのに、人はこうやって、糸から切り離されて現
優しげな母の声。
「あなたの名前は、三葉」
赤ん坊の泣き声が聞こえてくる。
また、永い時が経つ。

に倒れる。
若かった夫婦の会話。　やがて三葉には妹が生まれる。　しあわせと引き換えのように、母が病
「二人は、父さんの宝物だ」「あなた、お姉ちゃんになったんやよ」

「お母さん、いつ病院から帰ってくるん?」
妹が無邪気に問うが、姉はもう、母は戻らないと知っている。　人は必ず死ぬ。　でもそれを受

148

け入れることは容易ではない。

「救えなかった……！」

父は深く嘆く。父にとって、妻ほど愛した存在はかつてなく、この先もいなかった。長ずるにつれ妻に似ていく娘の姿は、祝福であり呪いだった。

「神社など続けたところで」「婿養子がなにを言う！」

父と祖母のいさかいが日に日に増す。

「僕が愛したのは二葉です。宮水神社じゃない」「出ていけ！」

父も祖母も、大切なものの順序を入れ替えるにはすでに歳を取り過ぎていた。父は耐えきれず、家を出る。

「三葉、四葉。今日からずっと、祖母ちゃんと一緒やでな」

重り玉の音が響く家で、女三人の生活が始まった。

それなりに穏やかな日々。それでも、父に捨てられた、という感情は三葉の中に消えない染みとなる。

　——これは、

三葉の記憶？

俺はなすすべもなく濁流に流されるように、三葉の時間にさらされている。

そして俺も知っている、入れ替わりの日々。三葉の目で見る東京は、知らない外国のように輝いている。俺たちは同じ器官を持って生きているのに、まるで違う世界を見ている。

「いいなあ……」

三葉の呟きが聞こえる。

「今頃二人は一緒かぁ」

俺と奥寺先輩の、デートの日だ。

「私、ちょっと東京に行ってくるわ」と妹に言う。

東京？

その夜、三葉は祖母の部屋の襖を開ける。

「お祖母ちゃん、お願いがあるんやけど……」

三葉の長い髪が、ばっさりと断ち切られる。この三葉を、俺は知らない。

150

「今日が、いちばん明るく見えるんやっけ」

彗星を見にいこう、とテシガワラたちに誘われている。

駄目だ、三葉!

俺は叫ぶ。

鏡の後ろから。風鈴の音色として。髪をそよがす風として。

三葉、そこにいちゃ駄目だ!

彗星が落ちる前に、町から逃げるんだ!

でも俺の声は、三葉には届かない。気づかれない。

祭りの日、三葉は友だちと、月よりも近づいた彗星を見上げる。

彗星がふいに割れ、かけらが無数の流星となって輝く。大きな岩塊がひとつ、隕石となって落下をはじめる。

その眺めさえも、ただ美しいと思って見つめている。

三葉、逃げろ！

俺は声を限りに叫ぶ。

三葉、逃げろ、逃げてくれ！　三葉、三葉、三葉！

そして、星が落ちる。

第六章
再演

目を覚ました。

その瞬間に、確信があった。

俺は上半身を跳ね上げて、自分の体を見る。細い指。見慣れたパジャマ。胸のふくらみ。

「三葉だ……」

声が漏れる。この声も。細い喉も。血も肉も骨も皮膚も。三葉の全部が温度を持って、ここにある。

「……生きてる……！」

両手で自分の腕を抱く。涙が溢れてくる。蛇口が壊れたみたいに、三葉の目が大粒の涙をこぼし続ける。その熱さが嬉しくて、俺はますます泣く。肋骨の中で心臓が喜んで跳ねている。俺は膝を曲げる。つるりとした膝に頬を押しあてる。三葉の体の全部を包み込みたくて、ぎゅーっと

体を丸めていく。

三葉。

みつは、みつは。

それは、もしかしたら永遠に出逢うことのなかったかもしれない、あらゆる可能性をくぐり抜けて今ここにある、奇跡だった。

「……お姉ちゃん、なにしとるの？」

声に顔を上げると、襖を開けて四葉が立っていた。

「あ……妹だ……」

俺は涙声で呟く。四葉も、ちゃんとまだ生きている。涙と鼻水でぐじゃぐじゃになりながら胸を触っている姉の姿を、呆然と見つめている。

「四葉ぁぁぁ！」

抱きしめてやりたくて、俺は四葉に駆け寄る。ひっ、と四葉は息を呑んで、俺の鼻先でぴしゃりと襖を閉めた。

「ちょっとちょっと、お祖母ちゃん！」

叫びながら階段を駆け下りる足音。

「お姉ちゃん、いよいよヤバイわ！ あの人、完璧壊れてまったよ！」

婆ちゃんに泣きつく声が、階下から響く。

……失礼な幼女だな。 はるばると時空を超えて、俺が町を救いに来てやったというのに！

NHKのお姉さんがにこやかに喋っている。 俺は制服に着替えて、階下に降りてきたところだ。

スカートをはいた下半身のたよりなさは久しぶりで、その感覚を振り払うように仁王立ちでテレビを睨みつけている。

『一週間ほど前から肉眼でも見えはじめたティアマト彗星は、今夜七時四十分頃に地球に最接近し、最も明るく輝くとみられています。 遂にピークを迎えた千二百年に一度の天体ショー、各地では様々な盛り上がりが……』

「……今夜！ まだ間に合う……！」

そう呟く。 武者震いがする。

「おはよう三葉。 四葉、今日は先に出てまったよ」

振り向くと、婆ちゃんが立っている。

「婆ちゃん！　元気そう！」

俺は思わず駆け寄る。

盆に急須をのせて、婆ちゃんは居間でお茶でも飲むつもりだったのだろう。

「ああ？　……おや、あんた」

老眼鏡を下げて、俺の顔をじっと見る。じわり、と目を細める。

「……あんた、三葉やないんか？」

気持ちに俺はなる。いや、でもこれは好都合では。

「なっ……！」なんで!?　絶対バレないと思っていた悪事が露呈してしまったような、後ろめたい

「婆ちゃん……知ってたの？」

婆ちゃんは特に表情も変えず、座椅子に腰を下ろしながら言う。

「いいやあ。でもこんところのお前を見とったら、思い出したわ。ワシも少女の頃、不思議な夢を見とった覚えがある」

なんと！　こりゃ話が早くていい。さすが日本昔話一家。俺もテーブルに腰を下ろす。婆ちゃんが、俺のぶんのお茶も淹れてくれる。ずずず、とお茶をすすり、婆ちゃんは話を続ける。

「あれは、たいそうおかしな夢やった。いいや、夢というよりは、あれは別の人生やった。ワシはまるで知らない町で、知らない男になっとった」

156

俺はごくりとつばを飲み込む。俺たちと、完全に同じだ。

「でも、それはある時、突然に終わってまったんやさ。今ではもう、覚えとるのは不思議な夢があったということだけ。その夢でワシが誰になっておったのか、記憶はすっかり消えてまった

……」

「消える……」

宿命的な病名を告げられたかのように、俺はどきりとする。そうだ。俺もいっとき、三葉の名を忘れていた。すべて自分の妄想だと思い込もうとしていた。婆ちゃんのしわだらけの顔が、どこか寂しそうな色を帯びる。

「だから、今のあんたを、見ているものを、あんたは大事にしないよ。どんなに特別でも、夢は夢。目覚めればいつか必ず消えてまう。ワシの母ちゃんにも、ワシにも、あんたらの母ちゃんにも、そんな時期があったんやで」

「それって、もしかしたら……！」

俺はふと思う。これは、宮水家に受け継がれてきた役割なのかもしれない。千二百年ごとに訪れる厄災。それを回避するために、数年先を生きる人間と夢を通じて交信する能力。巫女の役割。宮水の血筋にいつしか備わった、世代を超えて受け継がれた警告システム。

157

「もしかしたら、宮水の人たちのその夢は、ぜんぶ今日のためにあったのかもしれない！」

俺は婆ちゃんの顔をまっすぐに見て、強い口調で、言う。

「ねえ婆ちゃん、聞いて」

婆ちゃんは顔を上げる。俺の言葉をどう受け止めたのか、その表情はいまいち読めない。

「今夜、糸守町に隕石が落ちて、みんな死ぬ」

婆ちゃんの顔が、こんどははっきりと、怪訝そうに眉をひそめた。

──そんなこと誰も信じないって、意外に普通のことを言う婆ちゃんだな。

高校までの道を駆け下りながら、俺はぶつぶつとそう思う。

入れ替わりの夢は信じるクセに隕石落下は疑うって、どういうバランス感覚なんだあの婆ちゃん。

完璧に遅刻の時間で、周囲に人影はほとんどない。ぴーちくぱーちくと山鳥の声がこだまする、いつもの町の穏やかな朝だ。俺たちでやるしかない、と俺は思う。

「絶対に、誰も死なせるもんか！」

自身に言い聞かせるように、俺は強く口に出す。走る速度を上げる。隕石落下まで、あと半日

158

もないのだ。

「三葉、お、お前、その髪……！」

「あんた、その髪いったい……！」

テシガワラとサヤちんが、教室に入ってきたばかりの俺の顔を呆然と見ている。

「あ〜この髪？　前のほうが良かったよね？」

肩上のボブカットの襟足を、俺は片手で払いながら言う。俺の好みは黒髪ロングだから、そういえば、三葉はいつの間にか長かった髪をばっさりと切っていた。俺の好みは黒髪ロングだから、どうも気に入らない。いや今はそんなことよりも！

「そんなことより！」

がーん、という音が聞こえそうなくらい大きく口を開けたままのテシガワラと、探るような目つきのサヤちんの顔を、交互に見ながら俺は言う。

「このままだと今夜、みんな死ぬ！」

ぴたりと、教室のざわめきが止む。クラスメイト全員の目が俺に注がれる。

「ちょ、ちょっと三葉、なに言っとるの⁉」

サヤちんが慌てて立ち上がり、テシガワラが強引に俺の腕を引っぱる。二人に引きずられるように教室から連れ出されながら、まあ信じてもらえないのは当然かも、とようやく俺はすこし冷静になる。婆ちゃんの言うとおり、いきなりこんな話を信じろというのが無理な話か。久しぶりに入れ替われた興奮で、このままなんとなく上手くいくような気持ちになっていた。

うーん、しかし、これは案外にやっかいか？

かと思ったが、テシガワラに関しては、それは杞憂だった。

「……三葉、それ、マジで言っとんのか？」

「だから、マジだってば！ 今夜、ティアマト彗星が割れて隕石になる。それが高い確率で、この町に落ちる。情報ソースは言えないけれど、確かなスジからの話だよ」

「そりゃ……一大事や！」

「ええ、ちょっと、テッシーなに真剣な顔しとんのよ、あんたそこまでアホやったの？」

当然、サヤちんは取りあってくれなかった。

「だいたい情報ソースってなんよ？ CIA？ NASA？ 確かなスジ？ なにそれ、スパイごっこ？ ちょっと三葉、あんたどうしてまったのよ!?」

160

どこまでも常識人のサヤちんに、俺はヤケクソで三葉の財布からありったけの金を取り出す。

「サヤちんお願い、私がおごるから、これでなんでも好きなものを買って！　そして話だけでも聞いて！」

真剣な顔で言って、頭を下げる。サヤちんは驚いたように俺の顔をじっと見る。

「お金にうるさいあんたがそこまで言うなんて……」

え、そうなの？　そのくせ俺の金はばかばか無駄遣いしてやがったのかあの女！　サヤちんはあきらめたように溜息をひとつ吐き、言う。

「……しょうがないなぁ……わけわからんけど、まあ聞くだけやからね。テッシー、自転車の鍵貸して」

こんな額じゃ駄菓子くらいしか買えないやんとぶつぶつ言いつつ、サヤちんは昇降口に向かって歩き始める。良かった。額は足りなかったみたいだけれど、誠意は伝わるもんだ。

「コンビニ行ってくる。テッシー、あんたはちゃんと三葉を見張っときなよ。その子、ちょっと普通じゃないんやから」

そんなわけで、俺とテシガワラは今は使われていない部室棟の一室に忍び込み、さっきから町

161

の避難計画を練っている。

ゴールは、被害範囲内の百八十八世帯約五百人を、隕石落下時刻までに範囲外に移動させること。

真っ先に思いつくのは放送による避難指示だ。

首相官邸乗っ取り、国会議事堂乗っ取り、NHK渋谷放送センター乗っ取り、いや別にNHK岐阜・高山支局乗っ取りでいいんじゃね？　的なお約束バカ話を一通りした後で、そもそも町民全員が家でテレビやラジオを点けているわけじゃないし、今夜は秋祭りでなおさら外出している人が多い、という話になり、うーんと俺たちは考え込む。

「……防災無線や！」

テシガワラが突然に大声を出す。

「防災無線？」

「は？　お前、知らんとか言うなよ。町中にスピーカーがあるやろ？」

「あー……、あの、朝晩急に喋りだすヤツ？　誰が産まれたとか誰の葬式だとか」

「ああ。家の中でも外でも、あれなら町中で必ず聞こえる。あれで指示を流せば！」

「え、でも、どうやって？　あれって町役場から流してんだよね。お願いしたら喋らせてくれんの？」

「んなわけねえやろ」

「じゃあどうすんの？　役場乗っ取り？　まあNHK乗っ取りよりはだいぶ現実味はあるかもだけど」

ひっひっひ、と不気味な笑みを浮かべて、テシガワラがスマフォになにかを入力している。それにしてもコイツやけに嬉しそうだな。

「この手があるぜ！」

俺は差し出されたスマフォを覗き込む。

重畳周波数。その解説。

「……え……これマジ？」

テシガワラは鼻の穴を広げ、誇らしげにうなずく。

「ていうかテッシー、なんでこんなこと知ってるの？」

「そりゃお前、いつも寝る前に妄想しとるしな。町の破壊とか学校の転覆とか。みんなそんなもんやん？」

「え……」俺は若干引く。いやしかしこれは。

「いやでも、すごいじゃんテッシー！　いけるかも！」

俺は言って、思わずがっつりとテシガワラの肩に手を回す。

「お、お前、あんまりくっつくなや！」

「え？」

げ？こいつ耳まで赤くしてる。

「なに〜？　テッシー照れてんの？」

俺は下からテシガワラの顔を見上げ、にやにやと言う。三葉、お前もなかなか捨てたもんじゃないみたいだぞ。ほらほら〜と、俺はさらに体を押しつけてみる。サービスだサービス！　俺たちは古いソファーの上に並んで座っていて、テシガワラは壁際にいるからもはや逃げ場はない。

「ちょ、三葉、やめろって！」

でかい体をくねくねとねじらせて抵抗するテシガワラ。こいつも男子だなぁ。まあ俺も男子だけど。と、テシガワラは飛び上がるようにして突然ソファーの背に登り、声を張り上げた。

「やめろって言っとるやろ！　嫁入り前の娘がはしたない！」

「は……」

見ると、坊主頭まで赤く染め、だらだらと汗を垂らしつつ、ほとんど涙目になっている。

「は、ははは！　テッシー、あんたって……！」

164

俺は思わず笑い出してしまう。

こいつは絶対に、信頼できるいい奴だ。

今までだって、友だちだと思っていた。でもそろそろ実際に会って、男子として、こいつらと話がしたい。俺と、三葉と、テシガワラと、サヤちんと。司や高木や奥寺先輩も一緒だったりしたら、それも絶対に楽しい。

「ごめんねテッシー。信じてもらえたから、嬉しくて、つい」

俺は笑いをこらえながら、ふてくされた顔のテシガワラを見上げて言う。

「避難計画の続き、一緒に考えてもらえる?」

俺が笑顔でそう言うと、テシガワラは赤い顔のまま、それでも真剣にうなずいた。

これが終わったら、こいつにも会いに来よう。なんだか眩しいような心持ちで、俺はそう思う。

「ば、ば……爆弾!?」

透明プラケースに入ったミニショートケーキを食べながら、サヤちんが声を上げた。

「正確には、含水爆薬。まあダイナマイトみたいなもんやな」

ポテトチップスをばりばりと噛みながら、テシガワラが得意げに言う。俺はマーブルチョコレ

165

ートをぽりぽりと食べている。机にはサヤちんが買ってきてくれた大量のコンビニフードがいちめんに広げられていて、なんだかパーティめいた雰囲気である。そんな中で、俺とテシガワラは地図を前に、練りに練った避難計画をサヤちんに披露している。テンションの上がるBGMでもかけたい気分だ。パーカッシヴでちょっとマッドな、作戦会議ふうの。
　500mlパックのコーヒー牛乳をごくりと飲んで、テシガワラが続ける。
「爆薬は、オヤジの会社の保管庫に土木用のがたっぷりある。後でバレる心配をしんくていいんなら、いくらでも持ち出せるぜっ」
「それから次は」俺はメロンパンの袋を開けつつ言う。なんだかやけに腹が減っていて、そし

て三葉の体で食べるものは、なんだかやけに美味い。

「で、で、で……電波ジャック!?」

サヤちんがまたうわずった声を上げる。カレーパンをかじりながら、テシガワラが解説する。

「こんな田舎の防災無線は、伝送周波数と起動用の重畳周波数さえ分かりゃあ簡単に乗っ取れるでな。音声に特定の周波数が重ねられとるだけで、スピーカーが作動する仕組みやから」

メロンパンを片手に、俺は言葉を引き継ぐ。

「だから、学校の放送室からでも、町中に避難指示を流せる」

俺は糸守町の地図を指さす。宮水神社を中心に直径1.2kmほどの円が書き込んであり、俺はそれをぐるぐると指でなぞる。

「これが隕石の予想被害範囲。　糸守高校は、ほら、この外側にある」高校の場所をトントンと叩く。

「だから、町民の避難場所もここの校庭にすればいい」

「それって……」

おそるおそる、というふうにサヤちんが口を開く。

「か、かんぺき犯罪やに!」

167

そう言いつつも最後まで残していた苺をぱくりと口に運ぶサヤちんに、「犯罪でもしないとこの範囲の人間は動かせないよ」とクールに言って、俺は地図の上に散らばったマーブルチョコレートを手でざっとどかしてみせる。そう、犯罪でもなんでもいいから、要はこの円の中の人たちを外に出せばいいだけなのだ。

「なんか三葉、別人みたいやな……」

俺はにっと笑って、メロンパンを大きくかじる。この体に入っていると言葉遣いはなんとなく女っぽくなってしまうのだけれど、でも俺はもう、三葉としてふるまうことなんてとっくに放棄している。全部終わって、こいつらが無事でいてくれたら後のことはどうでもいい。生きてさえいれば、どうとでもなる。

「で、放送はサヤちん担当ね」と、にこやかに俺は告げる。

「なんでよ！」

「だって、放送部でしょ？」

「しかもお前の姉ちゃん、役場の放送担当やし。無線の周波数も適当に聞き出しといてくれよ」

とテシガワラ。

「ええ？ そんな勝手に……」

168

サヤちんの抗議を無視し、テシガワラは嬉しそうに自分を指さす。

「で、俺が爆薬担当！」

「そして私は、町長に会いに行く」自分を指さしながら俺も言う。

「え！」と絶句するサヤちんに、テシガワラが説明を続ける。

「さっき言った手順で、避難のきっかけはたぶん俺らで作れる。でも、最後は役場や消防に出てきてもらわんと、百八十八世帯の全員はさすがに動かし切れんやろ？」

「だから、町長の説得が必要なんだよ」と俺は言う。

「娘の私からちゃんと話せば、きっと分かってもらえると思う」

テシガワラは腕組みをし、「完璧な作戦や……！」と自画自賛しつつうむうむとうなずいている。確かにちょっと荒っぽいやり方ではあるけれど、他に手はない、と思う。

「俺も同じ気持ちだ。

「まあ、良くそこまで考えとるなとは思うけどなあ……どうせもしもの話やろ？」

感心してくれているのか呆れているのか、サヤちんが口を開けて俺たちを見る。

「はあぁ……」

「え？」

ここに至っての思いがけない問いかけに、言葉に詰まる。

169

「いや……、もしもってっていうか……」

サヤちんが乗ってくれないと、この計画は機能しない。なんと言えばいいのか、俺は言葉を探す。

「そうとも限らんぞ！」

と、突然にテシガワラが大声で、スマフォの画面を突きだした。

「糸守湖がどうやって出来たか、知っとるか？」

俺とサヤちんは寄り目になって画面を見る。町のHPらしきサイトに『糸守湖の由来』との大見出し。さらに『千二百年前の隕石湖』『日本では極めてまれ』の文字。

「隕石湖や！　すくなくとも一度は、この場所には隕石が落ちたんや！」

テシガワラのどや顔とその言葉が、カチリ、と俺の頭の中になにかをはめる。それがなにか分からぬまま、俺は声を出している。

「そうだ、そうだよ……だから！」

──だから、あの場所に彗星の絵があったんだ。俺は思い至る。千二百年周期のティアマト彗星。そして、糸守湖は千二百年前の隕石湖。隕石も、彗星来訪とともに千二百年ごとにもたらされるのだ。予期された厄災。だからこそ、避けることも出来るはずの災害。あの絵も、メッセー

170

ジであり警告なんだ。

思いがけない味方を得たような気持ちになる。じっとしていられなくなる。全部、千年も前か

ら準備されていたことなんだ！

「いいねテッシー！」

思わず拳を突き出すと、テシガワラも「おお！」と拳を合わせてくれる。

いける。これはいける！

「やろうぜっ、俺たちでっ！」

俺たちはサヤちんに向かって、つばを飛ばす勢いで声をそろえた。

「……なにを言ってるんだ？　お前は？」

分厚い段ボールにハサミを入れるようなざらついた重い声。

俺はますます焦る。押し切られないように、声を張る。

「だからっ！　念のために町民を避難させないと──」

「すこし黙れ」

それはすこしも大声ではないのに、ぴしりと俺の声をせき止めてしまう。

171

三葉の父親である宮水町長は大儀そうに目をつむり、町長室の革張りの椅子に背を預ける。ぎぎ、と厚い革が音を立てて軋む。それからゆっくりと息を吐き、窓の外に目を移す。午後のうららかな日差しに、葉の陰が揺れている。

「……彗星が二つに割れてこの町に落ちる？　五百人以上が死ぬかもしれないだと？」

指先でトントンと机を叩きながら、たっぷりと間をあけ、ようやく俺を見る。俺は膝の裏にじわりと汗をかいている。

緊張すると三葉はここに汗をかくのだと、俺は初めて知る。

「信じられない話だっていうのは分かるよ。でも、ちゃんと根拠だって……」

「よくもそんな戯れ言を俺の前で！」

突然怒鳴りつけられる。町長は眉間のしわを深くし、「妄言は宮水の血筋か」とひとり言のように小さく呟き、射るような目で俺をまっすぐに見て、おい三葉、と低く言う。

「本気で言っているなら、お前は病気だ」

「……なっ」

俺は言葉が継げない。つい三十分前の部室での自信が、もうどこにも残っていないことに気づく。ぜんぜん見当違いのことをしている、そんな不安がみるみるつのる。いや、違う。これは妄想でもないし、俺は病気でもない。俺は──

172

「車を出してやるから」ふいに心配そうな口調になり、町長が受話器を持ち上げる。ダイヤルボタンを押して、どこかに電話をかけながら俺に言う。

「市内の病院で医者に診てもらえ。その後でなら、もう一度話を聞いてやる」

その言葉が、俺の体を不快に揺さぶる。こいつは、俺を、自分の娘を、本気で病人扱いしている。そう判ったとたん全身が凍ったように冷たくなって、頭の芯だけが発火したみたいに熱くなった。

怒りだった。

「——バカにしやがって！」

そう叫んでいた。目の前に見開いた町長の両目があって、気づけば、俺は町長のネクタイを

ねじり上げていた。　受話器が机の横に落ちて、ツーツーツー……という不通音を小さく上げている。

「……はっ」

手を、ゆるめた。　ゆっくりと、町長の顔が離れていく。　驚きか困惑か、宮水町長はかすかに震える口を開けたままで、俺たちは互いの目から視線を外せない。　俺の全身の毛穴が、嫌な汗で開いていく。

「……三葉」

空気を絞り出すように、町長が口を開いた。

「……いや……お前は、誰だ？」

震えて発せられたその言葉は、風に乗って入ってしまった羽虫のように、いつまでも嫌な感覚とともに耳の中に残った。

金槌を打つ音が、どこからかかすかに聞こえる。

真昼と夕方のはざまの時間、この町は静かすぎて、ずっと遠くの音までが風に乗って耳に届く。

カンカン、カンカン。

町役場を出、湖を見おろす坂道をとぼとぼと歩きながら、音に合わせて

174

堅い木に突き刺さっていく釘の姿を俺は想像する。暗く狭い木に押し込まれ、やがて錆びついていく鉄の釘。たぶん、神社で秋祭りの準備をしているんだ。道沿いに並べられた木造りの灯ろうを眺め、俺はぼんやりとそう思う。

じゃ、あとでなー、と子どもの声が上から聞こえ、俺は顔を上げた。

坂の上で、ランドセルの子どもたちが手を振り合っている。

「うん、じゃああとでお祭りでな」

「神社の下で待ち合わせな」

そう言って友だちと別れ、男の子と女の子が俺のほうに駆け下りてくる。小学校半ばくらい、四葉と同じくらいの年回りだ。

——落下地点は、神社。

「行っちゃだめだ!」

俺の横を駆け抜けようとした男の子の肩を、思わず俺は掴んでいる。

「町から逃げて! 友だちにも伝えて!」

俺の腕の間で、知らない子どもの顔がさっと恐怖の色に変わる。

「な、なんや、あんた!」

175

思いきり手を払いのけられる。俺は我に返る。

「お姉ちゃん――！」

声の方向を見ると、ランドセル姿の四葉が心配顔で駆け下りてくる。二人の子どもは逃げるように走り去っていく。――こんなんじゃ駄目だ。これじゃ不審者だ。

「ちょっとお姉ちゃん、あの子らになにしたん⁉」飛びつくようにして俺の両腕を掴み、顔を見上げて四葉が言う。

――でも、これから俺は、どうすればいい？

四葉の顔を見る。不安そうに俺の言葉を待っている。三葉なら、と、俺は思ったままを呟く。

「三葉なら……説得できたのか？　俺じゃだめなのか？」

戸惑う四葉に、俺はかまわず重ねる。

「四葉、夕方までに婆ちゃんを連れて、町から出て」

「え？」

「ここにいちゃ死んじゃうんだよ！」

「ええぇ、ちょっとお姉ちゃんなに言っとるの⁉」

大事な話なんだよ、という俺の言葉を押し戻すように、四葉が必死な声を上げる。

176

「お姉ちゃん、ちょっとしっかりしてよ！」

目が潤んでいる。怖がっている。俺の目を覗き込むように、ぐっと背伸びして四葉は言う。

「昨日は急に東京に行ってまうし、お姉ちゃん、このところずっと変やよ！」

「え……」

違和感を、俺は覚える。……東京？

「四葉、いま東京って」

「おーい、三葉ぁ！」

サヤちんの声。顔を上げると、テシガワラの漕ぐ自転車の後ろで、サヤちんが大きく手を振っている。ざっとアスファルトをこする音で、自転車が止まる。

「オヤジさんとの話、どうやった⁉」

前のめりにテシガワラが訊く。俺は返事が出来ない。混乱している。なにから考えれば良いのか、分からなくなっている。俺の話を、町長はまったく取りあってくれなかった。それどころか、

「お前は誰だ」と、父親が娘に訊いたのだ。俺がそう訊かせたのだ。

だめなのか？では、三葉は今どこにいる？三葉は昨日、東京に行ったのだと四葉は言う。な

ぜ？昨日とは、いったいいつだ？

177

おい三葉？　と訝しげなテシガワラの声が聞こえる。　お姉ちゃん、どうしたん？　とサヤちん

が四葉に訊いている。

三葉は、どこにいる？　　俺は、今、どこにいる？

——もしかして。

俺は視線を上げる。　民家の向こうにこんもりとした山の輪郭が重なり、そのさらに向こうに、

青に霞む山の稜線がある。　俺が登った山。　山の上のご神体。　口噛み酒を飲んだ場所。　湖からふ

わりと冷たい風が吹き、短くなった三葉の毛先をゆらし、まるで誰かの指先のように、髪が頬を

そっと撫でる。

「そこに……いるのか？」　俺は呟く。

「え、なになに、あっちになんかあるん？」

四葉とサヤちんとテシガワラも、そろって俺の視線を追う。　三葉、お前がそこにいるのなら

「テッシー、ちょっと自転車貸して！」

言いながら、俺は奪うようにハンドルを掴む。　サドルにまたがり、地面を蹴る。

「え、おい、ちょっと三葉！」

178

サドルがやけに高い。　俺は立ち漕ぎで、坂道を登り出す。

「三葉、作戦はあ!?」

遠ざかる俺に、なんだか泣きそうな声でテシガワラが叫ぶ。

「計画通り、準備しておいてくれ!　頼む!」

しんとした町に、俺の大声がこだまする。　俺はその声を追いかけるようにして、全力でペダルを漕ぐ。

てひととき大気に満ちる。　体から切り離された三葉の声が、山と湖に反射し

＊　　　＊　　　＊

頰を、誰かが叩いている。

とても微妙な力で、たぶん中指の先だけで、私が痛がらないようにそっと叩いている。そしてその指先は、とても冷たい。ついさっきまで氷を握っていたみたいに、ひんやりとしている。そんなふうに私を起こすのは、いったい誰なんだろう。

私は目を開く。

あれ?

そこはとても暗い。まだ夜なのかな。

また頬を叩かれる。違う。これは水だ。水滴が、さっきから私の頬に落ちているのだ。上半身を起こして、私はようやく気づく。

「……私、瀧くんになっとる！」と、思わず声が出る。

狭い石段を登ると、まっすぐに夕陽が目を刺した。

ずいぶん長い間暗闇にいたのか、瀧くんの目にはひりひりと涙が滲む。登りきったそこは、もしかしたらと思っていた通り、ご神体の山の上だった。

どうして、瀧くんがこんなところに？

なんだかよく分からないまま、私は巨木の下を出て、窪地を歩き始める。瀧くんは、アウトドアな厚めのパーカーを着込んでいる。分厚いゴム底のトレッキングシューズを履いている。地面は柔らかく濡れていて、さっきまで雨が降っていたのか、背の低い草にはびっしりと水滴がついている。でも、見上げた空はすっきりと晴れている。ちぎれた薄雲が、金色に輝きながら風に流されている。

そして私自身の記憶は、なんだかぼんやりしている。

180

なにも思い出せないまま、私はやがて窪地の端、斜面の下まで辿りつく。こはカルデラ状の地形で、この斜面を登り切ると、そこが山の頂上だ。私は登り始める。登りながら、記憶を探る。ここに来る前になにをしていたのか、なんとか思い出そうとする。するとやがて、その端っこに指が触れる。

祭りばやし。浴衣。鏡に映った、髪を短くした自分の顔。

――そうだ。

昨日は秋祭りで、私はテッシーたちに誘われて浴衣を着て出かけたのだ。なんだかずいぶん遠い記憶のような気がえる日だから、三人で見にいこうって。そうだった。なんだか気の毒なくらい二人は動揺してしまっていて、高るけれど、あれは確かに、昨日だ。

テッシーとサヤちんは、私の新しい髪型にずいぶん驚いていた。テッシーなんて、がーんと音がするくらい大きな口をあけていた。なんだその発想は昭和のオヤ台まで歩く間中ずっと、「なあなあやっぱ失恋かなあ」とか、「なんよその発想は昭和のオヤジ？」とか、私の背中でこそこそと言い合っていた。

一車線の細い道を登りきり、カーブミラーを曲がると、視線のまっすぐ先の夜空に唐突に、巨大な彗星があった。長くたなびく尾はエメラルドグリーンに輝いていて、その先端は月よりも明

181

るかった。目を凝らすと、細かな塵のような粒がその周囲にきらきらと舞っていた。私たちは喋ることも忘れ、ばかみたいに口を開いて、長い時間それに見とれた。

そしていつのまにか、彗星の先端が二つに分かれていることに、私は気づいた。大きくて明るい二つの先端、その一つが、ぐんぐんと近づいてくるように見えた。やがてその周りに、細い流れ星が幾筋も輝きはじめるようだった。いや、それは実際に星が降ってくるようだった。まるで夢の景色のように、それは嘘みたいに綺麗な夜空だった。

私は、ようやく斜面を登り切る。吹きつける風が冷たい。眼下には、輝く絨毯みたいな雲が

いちめんに広がっている。そしてその下には、うっすらと青い影色に染まりつつある糸守湖があ
る。

あれ？　と私は思う。

おかしい。

私はさっきから、氷づけにされたみたいにがちがちと震えている。

いつのまにか、怖くてたまらない。

怖くて怖くて、不安で悲しくて心細くて、頭がどうにかなってしまいそうだ。冷たい汗が、栓
が壊れたみたいに吹き出し続けている。

もしかしたら。

私は狂ってしまったのかもしれない。自分でも気づかぬうちに、壊れてしまったのかもしれな
い。

怖い。怖い。今すぐに叫び出したいのに、喉からは粘ついた息しか出てこない。自分の意志と
は無関係に、まぶたが大きく開いていく。からからに乾いた眼球の表面が、じっと湖を見つめ
続けている。私は知っている。私は気づいている。

糸守町が、ない。

183

糸守湖に覆い被さるようにして、もっと大きな丸い湖が出来ている。

──そんなのあたりまえだよ、と私の中のどこかが思う。

あんなものが落ちてきたんだから。

あんなに熱くて重い塊が、頭の上に落ちてきたんだから。

そうだ。

あの時、私は。

関節が無音のまま壊れたみたいに、私は突然に、その場に膝をつく。

私は、あの時。

かろうじて、喉から漏れた空気が声になる。

「……私、あの時……」

そして洪水みたいに流れ込んでくる、瀧くんの記憶。一つの町を滅ぼした彗星災害。星が降った夜。本当は三年未来の東京に暮らしていた、瀧くん。その時、私はもういなかったこと。あの時、私は──

「死んだの……?」

人の記憶は、どこに宿るのだろう。

脳のシナプスの配線パターンそのものか。あるいは、霧のように不定型で不可視な精神の塊がどこかにあって、それが記憶を宿すのか。心とか、精神とか、魂とか呼ばれるようなもの。OSの入ったメモリーカードみたいに、それは抜き差し出来るのか。

すこし前にアスファルトは途切れ、俺は未舗装の山道をひたすらに自転車のペダルを漕いでいる。低い太陽が、木々の間にチラチラと瞬いている。三葉の体は絶え間なく汗を流し、前髪が額に貼りついている。俺は漕ぎながら、汗と一緒に、髪をぬぐう。

三葉の魂。それはきっと今、俺の体の中にいるはずだ。俺の心がここに、三葉の体の中にあるのだから。でも——と、さっきから俺は思っている。

俺たちは今も、一緒にいる。

三葉は、すくなくとも三葉の心のかけらは、今もここにある。たとえば、三葉の指先は制服のファスナーの長さも襟の固さも、俺は自然に知っている。俺が制服を着るとき、ファスナーの長さも襟の固さも、俺は自然に知っている。

*

*

*

185

たとえば三葉の目は、友だちを見るとほっとする。嬉しくなる。三葉が誰が好きで誰が苦手か、訊かなくても俺には分かる。婆ちゃんを目にすると、俺が知らないはずの思い出までがフォーカスの壊れた映写機みたいに、ぼんやりと頭に浮かぶ。体と記憶と感情は、分かちがたくムスビついている。

──たきくん。

三葉の声が体の内側から、さっきから聞こえている。

たきくん、瀧くん。

泣き出しそうに切実な声だ。遠い星の瞬きのような、寂しげに震える声。ぼやけていたフォーカスが、結ばれていく。瀧くん、と三葉が呼んでいる。

「覚えて、ない?」

あの日の三葉の記憶を、そして俺は思い出す。

 * * *

 * * *

その日、三葉は学校には行かずに、電車に乗った。

東京への新幹線が接続する、大きなターミナル駅。そこに向かうためのローカル線は、通学の時間にもかかわらず空いていた。沿線に学校はないし、このあたりの勤め人はみんな車を使う。

「私ちょっと、東京に行ってくるわ」

朝家を出て、学校に向かう途中で唐突に、三葉は妹にそう告げたのだ。

「ええ、今から？　なんで!?」四葉は驚いて姉に訊く。

「えっと……デート？」

「え！　お姉ちゃん、東京に彼氏おったの!?」

「うーんと……私のデートやなくて……」

説明に困り、三葉は駆け出す。走りながら付け加える。

「夜には帰るで、心配しんといて！」

新幹線の窓をびゅんびゅんと飛び去る景色を眺めながら、三葉は考えている。

奥寺先輩と瀧くんのデートの場に行って、私はどうしたいんだろう。さすがに三人で遊ぶってわけにはいかないよね。そもそも初めて行く東京で、私はちゃんと瀧くんに会えるんだろうか。もし会えたとして――急に訪ねたら、迷惑かな。驚くかな。瀧くんは、いやがるかな。

187

拍子抜けするくらいあっさりと簡単に、新幹線は東京に着いてしまう。あまりの人混みに息を詰まらせながら、三葉は俺に電話をかけてみる。電波の届かない場所にいるか、電源が入っていないため……。電話を切る。やはり、通じないのだ。

会えっこない、と三葉は思う。

でも、駅の案内板を試験問題みたいに凝視して、三葉は曖昧な記憶をよすがにして街に出てみる。

でも、もし会えたら……。

山手線に乗り、都バスに乗り、歩き、また電車に乗り、また歩く。

どうしよう、やっぱり迷惑かな。気まずいかな。それとも——

街頭テレビには、『ティアマト彗星・明日最接近』の文字。

それとも、もし会えたら、もしかしたら、すこし——

歩き疲れ、歩道橋からきらきら光るビルを眺めながら、三葉は祈るように、思う。

もし会えたら、瀧くんは、すこしは、喜ぶかな——。

ふたたび三葉は歩き出す。そして考える。

こんなふうにやみくもに探し回ったって、会えっこない。会えっこないけれど、でも、確かな

ことが、ひとつだけある。　私たちは、会えばぜったい、すぐに分かる。　私に入っていたのは、君

なんだって。　君に入っていたのは、私なんだって。

100パーセント、誰だってぜったいに間違えようのない足し算の問題みたいに、そのことだ

けは、三葉は確信している。

駅のホームの屋根の隙間に、懐中電灯みたいな夕陽が沈んでいく。

歩き続けて痛む足先を投げ出して、三葉は駅のベンチに座り込んでいる。　糸守町のそれに比べ

たらずいぶんと頼りない淡い夕陽を、ぼんやりと目に映している。　音楽のようなチャイムが鳴っ

て、まもなく・四番線に・各駅停車千葉行きが……とアナウンスが流れはじめる。　黄色い電車が

ホームに滑り込んでくる。　車体の巻き起こすぬるい風が、髪をゆらす。　見るともなく、三葉は電

車の窓を眺めている。

ふと、息を呑んだ。

弾かれるように、立ち上がった。

今、目の前を通り過ぎた窓に、彼がいた。　電車は停車し、その窓にはすぐに追いつく。　でも夕方の電車は混んでいて、

三葉は走り出す。

189

外からは彼の姿はなかなか見つからない。巨人が息を吐くような音で、ドアが開く。びっしりとこぼれ落ちそうな車内の人混みに、三葉はおののく。でも、すみません、と呟きながら、膝の後ろに汗をかきながら、人の間に体を押し込んでいく。ふたたび巨人の息が漏れ、ドアが閉まる。電車が動き出す。すみませんを繰り返して、三葉はすこしずつ進む。そして一人の少年の前で、立ち止まる。

周囲の音がふいに消えていく、そんな気が、三葉はする。

目の前には、三年前の、まだ中学生だった俺が立っている。

＊　　　＊　　　＊

自転車では、もうこれ以上は登れない。

そう考えたとたん、前輪が木の根にとられてずるりと滑った。

俺は反射的に近くの幹を掴む。体から離れた自転車が斜面を落下し、三メートルほど下の地面にぶつかって派手な音を立てる。ホイールがぐにゃりと曲がっている。ごめん、テシガワラ。小さく呟いて、俺は狭い山道を走り出す。

どうして忘れていたんだろう。どうして今まで思い出せなかったんだろう。

走りながら、内側から湧き出てくる記憶に目を凝らす。

三葉。三年前、お前はあの日、俺に──。

*　　　*　　　*

──たきくん。たきくん、瀧くん。

三葉はさっきから、口の中だけで俺の名前をころがしている。目の前にいるくせに一向に気づかないでいる俺に、どんな声で呼びかければいいのか、どんな表情をすればいいのか、泣き出しそうな真剣さで考え続けている。そして思い切って、笑顔を作って、声に出す。

「瀧くん」

中学生の俺は、突然名を呼ばれたことに驚いて顔を上げる。俺たちの身長はまだ同じくらいだ。

目の前に、なんだか潤んで見える大きな瞳がある。

「え」

「あの、私」

必死の笑顔でそう言って、三葉は自分を指さしてみせる。俺は戸惑う。

「え?」

「……覚えて、ない?」おずおずと、上目遣いになって、知らない女が俺にそう問う。

「……誰? お前」

三葉は小さく悲鳴のような息をあげる。みるみる赤くなっていく。目を伏せ、消え入りそうな声で言う。

「あ……すみません……」

電車が大きく揺れる。乗客はそれぞれにバランスをとるが、三葉だけが大きく揺られて俺にぶつかる。

鼻先に髪が触れ、シャンプーの匂いがかすかにする。すみません、とまた三葉は呟く。

ヘンな女、と中学生の俺は思う。三葉は混乱した頭で必死に思う。でも、あなたは瀧くんなのに、どうして、と。どちらにとっても、気まずい時間が流れる。

次は・四ッ谷。そうアナウンスが言い、同時にたまらなく悲しくなる。でも、もうこの場所にはいられない。ドアが開き、何人かの降車客について、三葉はすこしホッとして、三葉も歩き出す。

遠ざかり始めた背中を見て、俺はふいに思う。このおかしな女の子は、もしかしたら、俺が知るべき人なのかもしれない。そんな説明のつかない、でも強烈な衝動に突き動かされ、あのさ!

と俺は声を上げている。

192

「あんたの名前は……」

三葉は振り向く。でも、降車の人波に押されて離れていく。三葉はふいに、後ろ髪を結った組紐をほどく。そして俺に向かって差し出し、叫ぶ。

「みつは!」

俺は思わず手を伸ばす。薄暗い電車に細く差し込んだ夕日みたいな、鮮やかなオレンジ色。人混みに体を突っこんで、俺はその色を強く掴む。

「名前は、三葉!」

        *   *   *

三年前のあの日。お前は俺に、会いに来たんだ。

俺はようやくそれを知る。

電車で知らない女に声をかけられただけの、俺にとってはすっかり忘れていた出来事だった。

でも、三葉はあれだけの想いを背負って東京に来て、そして決定的に傷つき、町に戻り、髪を切ったのだ。

193

胸が詰まる。でももうどうしようもなくて、俺はただがむしゃらに走る。三葉の顔も体も、汗と土でどろどろに汚れている。いつの間にか樹木は途切れ、眼下には金色の絨毯のような雲がひろがり、周囲は苔だらけの岩場だ。

頂上に、ついに来たのだ。

冷たい空気を、俺は思いきり吸う。そして、ぜんぶの想いを吐き出すように、ありったけの声で叫ぶ。

「三葉ぁー！」

声が、聞こえた。

私は顔を上げる。立ち上がって、あたりを見回す。

ご神体の盆地をぐるりと取り囲む岩場に、私はいる。沈みかけの夕陽に、すべてのものの影が長く引き伸ばされている。世界は光と影の二つにくっきりと塗り分けられている。でもその中に、人影はどこにもない。

「……瀧くん？」

私は呟いてみる。冷たい空気を、大きく吸い込む。そして瀧くんの喉で、叫ぶ。

「瀧くーん！」

聞こえた。

俺は駆け出す。三葉はここにいる。斜面を登り、盆地の縁に駆け上がる。360度、ぐるりと見渡すが人影はない。でも、いるはずだ。強く感じる。俺は叫ぶ。

「三葉ぁ！　いるんだろ？　俺の体の中に！」

「瀧くん！」

私は確信する。姿の見えない空に、大声で問う。

「瀧くん！　ねえ、どこ!?　声は聞こえるのに！」

盆地の縁を、私は駆け出す。

声が、声だけが聞こえる。

この声が──俺の声が、三葉の声が、現実の空気を震わせているのか、それとも魂のような

部分にだけ響いているのか、俺にはよく分からない。俺たちは同じ場所にいても、三年ずれてい

るはずだから。

「三葉、どこだ!?」

でも俺は叫ぶ。叫ばずにはいられない。盆地の縁を全力で走る。そうすれば――

そうすれば瀧くんに追いつける。そんな妄想めいた気持ちで、私は走る。

あ!

思わず声に出して、私は立ち止まる。

立ち止まり、俺は慌てて振り返る。

いま、確かに、すれ違った。

あたたかな気配が目の前にある。胸の中で心臓が跳ねている。

姿は見えないけれど、きっと瀧くんが、ここに、すぐそこに、いる。

どきどきと、心臓が高鳴っている。

196

ここにいる。　私は手を伸ばす。

ここにいる。俺は手を伸ばす。

――でも、指先はどこにも触れない。

「……三葉？」

返事を待つ。でも、誰も答えない。

やはり、だめなのか。会えないのか。もう一度、俺は周囲を見渡す。山の上に一人だけで、俺は立ちつくしている。

俺は目を伏せ途方に暮れて、細く長く、息を漏らす。

そよ、と風が吹き、髪がふわりと持ち上がる。汗はすっかり乾いている。温度が急に下がった気がして、俺は夕陽に目をやる。太陽はいつの間にか雲の後ろに沈んでいる。直射から解放されて、光も影も溶け合って、世界の輪郭がぼんやりと柔らかくなっている。空はまだ輝いていて、しかし地上は淡い影にすっぽりと包まれている。ピンク色の間接光が、周囲に満ちている。

そうだ。こういう時間帯の、呼び名があった。黄昏。誰そ彼。彼は誰。人の輪郭がぼやけて、この世ならざるものに出逢う時間。その古い呼び名。俺は呟く。

——カタワレ時だ。

声が、重なった。

まさか。

雲からゆっくりと目を外して、俺は正面を見る。

そこには、三葉がいた。

まんまるに見開いた瞳で、ぽかんと口を開けて、俺を見ている。

驚きよりも、その間抜けな表情が愛おしくておかしくて、俺はゆっくりと笑顔になる。

「三葉」

そう呼びかけると、三葉の両目にみるみる涙が盛り上がる。

「……瀧くん？　瀧くん？　瀧くん？　瀧くん？」

ばかみたいに繰り返しながら、三葉の両手が、俺の両腕に触れる。ぎゅっと、その指に力が入

る。

「……瀧くんがおる……！」

絞り出すみたいにそう言って、ぽろぽろと大粒の涙をこぼす。やっと逢えた。本当に逢えた。三葉は三葉として、俺は俺として、自分の体で、俺たちは向きあっている。俺は本当にホッとする。言葉の通じない国に長くいて、今ようやく故郷に戻れたように、心底から安心する。穏やかな喜びが体に満ちてくる。ただ泣きじゃくる三葉に、俺は言う。

「お前に、会いに来たんだ」

それにしても、こいつの涙は小さなビー玉みたいに透きとおってころころしている。　俺は笑っ
て続ける。

「ホント、大変だったよ！　お前すげえ遠くにいるから」

そう、本当に遠くに。　場所も時間も違うところに。

目をぱちくりさせて、三葉は俺を見る。

「え……でも、どうやって？　私、あの時……」

「三葉の口噛み酒を、飲んだんだ」

ここまでの苦労を思いながら俺がそう言うと、三葉の涙がぴたりと止まる。

「え……」

絶句している。　まあそうだよな、それは感激しちゃうよな、うん。

「あ……あ……」

そろりそろりと、俺から離れていく三葉。　ん？

「あ……、あれを飲んだぁ！？」

「え？」

200

「ばか！　ヘンタイ！」

「え、ええ!?」

顔を真っ赤にして、どうやら三葉は怒っている。いや、これって怒る流れか!?

「そうだ！　それにあんた、私の胸さわったやろ!?」

「おま！」俺は思いきり動揺する。

「四葉が見とったんやからね！」

「ああ、すまん、つい……」ちっ、あの幼女よけいなことを。手のひらに汗がにじんでくる。

なにか、なにか言い訳しなければ。俺はとっさに言う。

「一回、一回だけだって！」両手を腰にやって、子どもを叱りつけるように三葉が言う。

言い訳になってないじゃーん！　俺のばか！

「……一回だけぇ？　うーん……」

あれ？　三葉はなにやら考え込んでいる。一回だけなら許容範囲ってこと？　意外にも乗りきれそうだ。しかし三葉は訂正するように眉をつり上げる。

「……いや、何回でも同じや！　あほ！」

やっぱだめか。　俺は観念し、ぱちんと両手を合わせて「すまん！」と頭を下げる。本当は毎回

201

触っていたなんて、とても言えない。

「あ、それ……」

ころりと表情を変え、三葉が驚いたように俺の右手を指さす。俺は手首を見る。

「ああ、これ」

組紐だ。三年前、三葉から受け取ったもの。俺は紐を留めていた小さな金具を外し、くるくると手首から巻き取りながら三葉に言う。

「お前さあ、知りあう前に会いに来るなよ……分かるわけねえだろ」

外した紐を、ほら、と三葉に手渡す。あの時の電車での三葉の気持ちを思い起こし、優しい気持ちになって俺は言う。

「三年、俺が持ってた。今度は、三葉が持ってて」

両手に持った組紐から顔をあげ、三葉が笑うと——今になって、俺は気づく。

「うん！」と嬉しそうな笑顔になって三葉が応える。

世界までが、一緒になって喜んでるみたいだ。

三葉は自分の頭にくるりと組紐を回す。カチューシャのように縦に巻いて、左耳の上でちょうちょ結びにする。

202

「どうかな？」頬を染めて、上目遣いで俺に訊く。組紐がリボンのように、ボブの横で跳ねている。

「あー……」

あんま似合ってねえな、と俺は思う。なんかちょっとガキっぽいっていうか。だいたい、そもそもこんなにばっさり髪を切ることなかったんだ。勝手に来て勝手にショックを受けやがって。

俺は黒髪ロングが好きだったっつーの。

ということを、俺は一瞬考える。いやしかしこういう場合はとりあえず褒めるのが正解だと、さすがに俺も知っている。三葉から送られてきた『人生で1ミリもモテたことがない君のための会話術』にも、女はとにかく褒めればOKと書いてあったし。

「……まあ、悪くないな」

「……なっ！」三葉の表情がさっと曇る。あれ？

「あんた、似合っとらんって思ってるでしょ！」

「ええ！」なんでバレるんだ!?

「は、はは……すまん」

「もう……この男は！」

心底呆れたという顔で、ぷいと横を向いてしまう。なんだこれ。女子との会話って無理ゲーじゃ……。

と、ぷっと三葉は吹き出す。お腹を抱え、くすくすと笑い出す。なんなんだこいつは、泣いたり怒ったり笑ったり。その姿を見ているとしかし、俺の胸にもおかしさが込み上げてくる。俺はうつむいて片手を顔に当て、くっくっと笑い出す。三葉も笑っている。なんだか楽しくなってくる。俺たちはそろって大きな声で笑う。柔らかく輝くカタワレ時の世界、その端っこで、俺たちは小さな子どものように笑い続ける。

すこしずつ、気温が下がっていく。すこしずつ、光が褪せていく。

「なあ三葉」

放課後にさんざん遊んで、まだまだずっと一緒にいたいのに、そろそろ家に帰らなければならない。子どもの頃のそんな気持ちをふと思い出しながら、俺は三葉に言う。

「まだ、やることがある。　聞いて」

テシガワラとサヤちんとの計画を、俺は説明する。真剣にうなずきながら俺の話を聞く三葉を見て、こいつは覚えているんだと俺は悟る。星が落ち、町が消えたことを。その時に、自分が一

204

度死んだことを。三葉にとって、今夜は再演の夜なのだ。

「来た……」

三葉が空を見て、かすかに震えた声で呟く。視線を追うと、濃紺に染まりつつある西の空に、長く尾を引くティアマト彗星の姿がうっすらと浮かびはじめている。

「大丈夫、まだ間に合う」俺は自分に言い聞かせるように、強く言う。

「うん、やってみる。……あ、カタワレ時が、もう──」

そう喋る三葉も、いつの間にか淡い影色になっている。

「──もう、終わる」俺も言う。空からは、夕陽の名残がほとんど消えつつある。もうすぐ夜が来る。ふいに湧きあがってきた不安を押し込むように、なあ三葉、と笑顔を作って明るく言う。

「目が覚めてもお互い忘れないようにさ」俺はポケットからサインペンを取り出す。三葉の右手を掴み、手のひらにペンで文字を書きつける。

「名前書いておこうぜ。ほら」

そう言って、今度は三葉の手にペンを持たせる。

「……うん！」

花が咲くみたいに、三葉がぱっと笑顔になる。俺の右手を持ち、ペン先をつける。

205

かつん。

足元で、硬く小さな音がした。

下を見ると、ペンが地面に落ちている。

「え？」俺は顔を上げる。

目の前には、誰もいない。

「え……？」

周囲を見回す。

「三葉？　おい、三葉？」

俺は声を上げる。返事はない。慌てて周囲を歩き回る。景色は青黒い闇に沈んでいる。眼下には暗いのっぺりした雲があり、その下の闇の中に、ひょうたん型の糸守湖がぼんやりと見えている。

三葉は消えた。

夜が来たのだ。

三年後の自分の体に、俺は戻っている。

俺は右手を見る。手首の組紐は、もうない。手のひらには、書きかけの細い線が一本だけ短く

206

引かれている。その線に、そっと触れてみる。

「……言おうと思ったんだ」

俺はその線に向かって、小さく独りごちる。

「お前が世界のどこにいても、俺が必ず、もう一度逢いに行くって」

空を見上げる。彗星の姿はどこにもなく、いくつか星が瞬きはじめている。

「──君の名前は、三葉」

記憶を確認するように、確かなものにするように、俺は目をつむる。

「大丈夫、覚えてる！」

自信を深めて、目を開く。白い半月が遠い空にある。

「三葉、三葉……。三葉、みつは、みつは。名前はみつは！」

半月に彼女の名を、俺は叫んでいる。

「君の名前は……！」

ふいに、言おうとした言葉の輪郭が、ぼやける。

俺は慌ててペンを拾う。名前の最初の一文字を、手のひらに書く。書こうとする。

「……！」

でも線一本を引いたところで、俺の手は止まってしまう。ペン先が震えはじめる。それを止めたくて、俺は思いきり力を込める。針のように突き刺して、消えない名前を刻もうとする。でも、ペン先はもう1ミリも動かない。そして俺の口が、言う。

「……お前は、誰だ？」

俺の手から、ペンが落ちる。

消えていく。君の名前が。君の記憶が。

「……俺は、どうしてここに来た？」

俺はそれをどうにか繋ぎとめたくて、記憶のかけらをなんとかかき集めたくて、声に出す。

「あいつに……あいつに逢うために来た！　助けるために来た！　生きていて欲しかった！」

消えていく。あんなにも大切だったものが、消えていく。

「誰だ？　誰だ、誰だ、誰だ……？」

こぼれ落ちていく。あったはずの感情までが、なくなっていく。

「大事な人、忘れちゃだめな人、忘れたくなかった人！」

悲しさも愛おしさも、すべて等しく消えていく。なぜ自分が泣いているのかも、俺はもう分からない。砂の城を崩すように、感情がさらさらと消えていく。

208

「誰だ、誰だ、誰だ……」

砂が崩れた後に、しかし一つだけ消えない塊がある。これは寂しさだと、俺は知る。その瞬間に俺には分かる。この先の俺に残るのは、この感情だけなのだと。誰かに無理矢理持たされた荷物のように、寂しさだけを俺は抱えるのだと。

――いいだろう。ふと、俺は、強くつよく思う。世界がこれほどまでに酷い場所ならば、俺はこの寂しさだけを携えて、それでも全身全霊で生き続けてみせる。この感情だけでもがき続けてみせる。ばらばらでも、もう二度と逢えなくても、俺はもがくのだ。納得なんて一生絶対にしてやるもんか――神さまにけんかを売るような気持ちで、俺はひととき、強くつよくそう思う。自分が忘れたという現象そのものも、俺はもうすぐ忘れてしまう。だから、この感情一つだけを足場にして、俺は最後にもう一度だけ、大声で夜空に叫ぶ。

「君の、名前は？」

その声は、こだまとなって夜の山に響く。虚空に繰り返し問いかけながら、すこしずつ小さくなっていく。

やがて、無音が降りてくる。

209

第七章 うつくしく、もがく

私は走る。

暗い獣道を、彼の名前を繰り返しながら、ひたすらに走る。

瀧くん、瀧くん、瀧くん。

——大丈夫、覚えてる。ぜったいに忘れない。

やがて木々の隙間に、糸守町の明かりがちらちらと見えはじめる。　風に乗った祭りばやしが、かすかに切れぎれに耳に届きはじめる。

瀧くん、瀧くん。

空を見上げると、長く尾を引くティアマト彗星が月よりも明るく輝いている。　すくみそうになる恐怖を、私は彼の名前を叫んで、ぎゅっと押し込む。

君の名前は、瀧くん！

原付バイクの音に顔を上げると、坂を登ってきたヘッドライトが目を射った。

「テッシー！」私は声を上げて原付に駆け寄る。

「三葉！　お前、今までどこにおったんや!?」

叱りつけるような声。とても説明できない。学ラン姿で袖をまくり上げ、まるで洞窟探検みたいな大きなライト付きヘルメットをかぶったテッシーに、私は瀧くんからの言葉を伝える。

「自転車壊しちゃって、ごめんやって」

「はあ？　誰が？」

「私が！」

テッシーは眉をひそめ、でも無言のまま原付のエンジンを切りヘルメットのライトを点けた。駆け出しながら、「あとで全部説明してもらうでな！」と荒らげた声を出す。

糸守変電所・社有地につき立入禁止。　金網にはそう記されたプレートがかげられていて、その向こうには変圧器や鉄塔が複雑なシルエットを形作っている。　無人の施設で、明かりは機械に取り付けられた赤いランプがぽつりぽつりと見えるだけだ。

「落ちるんか？　あれが。マジで⁉」

空を見上げて、テッシーが私にそう訊く。私たちは変電所の金網の前で、ぎらぎらと輝く彗星を見つめている。

「落ちる！　この目で見たの！」

私はテッシーの目をまっすぐに見て言う。

テッシーは一瞬の怪訝な表情のあとで、「はっ！」と鋭く息をはき、ニヤリと笑った。なんだかヤケクソにふりしぼったような笑顔。

「見たってか！　じゃあ、やるしかないなぁ！」

そう言ってテッシーが勢いよくスポーツバッグを開けると、茶色い紙に包まれたリレーのバトンのような筒が、そこにはぎっしりと詰まっていた。含水爆薬。私はごくりとつばを飲む。テッシーは大きなボルトカッターを取り出し、変電所の入り口にぐるぐると巻かれた鎖にカッターの刃をあて、三葉、と言う。

「これ以上やったら、いたずらじゃ通らんぞ」

「お願い。　責任はぜんぶ、私にあるで」

「あほか！　そんなこと訊いてんじゃねえわ」

212

怒ったようにそう言って、テッシーはなぜかちょっと赤くなる。

「これで、二人仲良く犯罪者や！」

暗闇を破くみたいに、鎖が切断される音が大きく響く。

「町が停電したら、学校はすぐに非常用電源に切り替わるはずやから！　そしたら放送機器も使えるで！」

スマフォに向かって、テッシーが叫んでいる。テッシーは原付を運転していて、私は後ろからテッシーの口にスマフォを当てている。すれ違う車はほとんどなく、夜の県道沿いにはちらほらと民家の明かりが見えはじめている。そして私たちが向かう先に、山の斜面を挟んで光が密集した一画がある。秋祭りの会場、宮水神社だ。　長く留守にしていた故郷にようやく戻ってきたような奇妙な懐かしさを、私はふいに感じる。

「もしもし、サヤちん！」

「三葉、サヤちんが代わってくれやと」

私はスマフォを自分の耳に当てる。

「え〜ん、三葉ぁ〜！」

サヤちんは涙声だ。

「ねえちょっと、私、ほんとにやらないかんのぉ!?」

不安げな声に、ずきんと胸が痛む。私だって、サヤちんの立場だったら泣いちゃっていると思う。夜の放送室に一人で忍び込んでくれただけでも、友情がなければ絶対に出来っこない。

「サヤちんごめん、でも、お願いやから!」

今の私には、これしか言えない。

「一生のお願いやから! 私たちがこれをしないと、たくさんの人が死ぬんよ! 放送を始めたら、できるだけ長く繰り返して!」

返事がない。受話器からくぐもって聞こえるのは、鼻をすする小さな音だけ。

「サヤちん? ねえ、サヤちん!」

私は不安になる。ふいに、よしっ、という声が小さく聞こえる。

「ええい、もうヤケや! テッシーに、あんたもおごれって言っといて!」

「サヤちん、なんやって?」

私はスマフォをスカートのポケットにしまいながら、原付のエンジン音に負けないように、大

声でテッシーに答える。

「あんたもおごれやって」

214

「おっしゃあ、やったれやぁ！」

なにかを上書きするような勢いでテッシーが叫んだ瞬間、花火の大玉が破裂したような音が、背中で響いた。

原付を停め、私たちは振り返る。二つ、三つ。また一つ。破裂音が連続して響き、さっきまで私たちがいた山の中腹から、太い黒煙が立ちのぼりはじめる。巨大な送電塔が、スローモーションみたいに傾いていく。

「テッシー……！」

私の声が、震えている。

「ははっ！」

笑いに聞こえるテッシーの息も、震えている。

と、ひときわ大きな爆発音がして、町中の明かりが、ふいに消えた。

おい、と、なんだかぼんやりした声でテッシーが言う。停電やね、と、そのまんまを私は返す。やったのだ。私たちが。

突然、湧きあがるようにしてサイレンが鳴りはじめた。

ウウウウウウゥゥゥゥゥ……！

町中のスピーカーから、耳をつんざく暴力的な音量でそれは響く。巨人の悲鳴のようなその不吉な音は、山々に反響してぐるぐると町を取り囲んでいく。

サヤちんだ。防災無線を、乗っ取ったんだ。私たちは無言でうなずきあって、また原付にまたがる。神社に向かって走り出すと、まるで私たちを後押しするみたいにサヤちんの声がスピーカーから流れはじめる。作戦通りの文面を、さっきまでの涙声が噓みたいに、落ちついた調子でゆっくりとサヤちんは喋る。

『こちらは、町役場です。糸守変電所で、爆発事故が発生しました。さらなる爆発と、山火事の危険性があります』

テッシーの原付は県道を逸れ、細い山道を登っていく。神社に続く女坂で、この道からならば参道の石階段を登らなくても原付で本殿の裏まで辿りつける。がたがたと揺れる座席でテッシーの背中にしがみつきながら、町中に響いているサヤちんの声を私は聞いている。お姉ちゃんの声にそっくりで、役場の放送じゃないなんて疑う人はきっと誰もいないだろう。

『次の地域の人は、いますぐ、糸守高校まで避難してください。門入り地区、坂上地区、宮守地区、親沢地区……』

「いよいよや。いくぞ三葉!」

「うん!」私たちは原付から飛び降りる。木々の間からは、境内にずらりと並んだ屋台の屋根、その間を右往左往する人々の姿が、まるで暗い水槽に詰め込みすぎた魚みたいに見えている。駆けながら、私たちはヘルメットを脱ぎ捨てる。

私たちは原付三葉!」
駆け下りていく。神社の裏山、その斜面に据え付けられた木製の階段を

『繰り返します。こちらは、糸守町役場です。糸守変電所で、爆発事故が発生しました。さらなる爆発と、山火事の危険性があります……』

階段を下りきると、そこは本殿の裏手だ。すぐそこには祭り会場に集まった人々のシルエット、不安そうなざわめき。私とテッシーは競うように、その中に駆け込む。走りながら叫ぶ。

「逃げろー！　山火事になっとる、ここは危険やぁ！」

テッシーの声は、まるでメガホンを通したみたいにばかでかい。私も負けないように大声を張り上げる。

「逃げてください、山火事です、逃げてください！　そして境内のどまんなかに私たちは躍り出る。

「ええ、ほんとに山火事やって！」「なあ逃げようよ」「高校まで歩くの？」

もともと防災無線で出来ていた避難の流れが、私たちの大声で後押しされていく。浴衣姿の男女、子どもたち、孫と手をつないだお年寄りが、出口の鳥居に向かってぞろぞろと歩いていく。これならば、きっと間に合う。あの人のおかげで――。……あの人？

「三葉！」

鋭く名前を呼ばれて、私はテッシーを見上げる。

218

「こりゃヤべえぞ!」

テッシーの視線を追ってあたりをよく見ると、屋台の脇にのんびりと座り込んでいる人や立ち話をしている人たちが、たくさんいる。煙草を吸ったりお酒を飲んだり、楽しそうに談笑すらしている。

「山火事がマジで迫りでもしんと、こいつら全員はとても動かせん! 消防を出してもらって、避難誘導せにゃ。お前、役場に行って今度こそ町長を……」

テッシーの焦った声がすぐ頭の上から、でも、やけに遠く聞こえる。……あの人?

「おい、三葉……どうした?」

「……テッシー、ねえ、どうしよう……?」

なにも考えることができず、私は気づけばテッシーに訴えている。

「あの人の名前が……思い出せんの!」

テッシーの顔が、心配げに歪む。と、突然、

「知るか、あほう!」と怒鳴りつけられた。

「周りを見ろや! これはぜんぶ、お前が始めたことや!」心底腹が立つ、という顔でテッシーが私をにらんでいる。いますぐ、糸守高校まで避難してください——スピーカーからそう繰り返

219

すサヤちんの声が、泣き出しそうに震えていることに今さらに私は気づく。三葉、行けよ！　と今度は懇願するように、テッシーが悲痛に叫ぶ。「行って、オヤジさんを説得してこい！」

頬を張られたように、私の背筋が伸びる。

「……うん！」

精一杯の強さで私はうなずき、振り切るように、駆け出す。背中でテッシーの叫び声がふたたび聞こえる。「逃げろってば、高校まで行くんや！」　町中にサヤちんの声がこだましている。「山火事の危険性があります。糸守高校まで避難してください」　私は人の流れをかきわけて、鳥居をくぐって参道の石段を駆け下りる。

これはぜんぶお前が始めたことや、テッシーはそう言った。そうだ、これは私が、私たちが始めたことだ。私は走りながら、頭上の彗星を睨みつける。地上の明かりが消えたぶん、彗星はますます明るい。雲の上に長く尾をたなびかせて、巨大な蛾のように輝く鱗粉をふりまいている。大丈夫、まだ間に合う──誰かに強く言われたその言葉を、私は口の中で繰り返す。

あんたの思い通りになんかなるもんか、と挑むように思う。

＊　　＊　　＊

220

それは秋のはじめで、俺はまだ、中学生だった。

父さんと二人きりの生活にもやっと慣れてきた頃で、二人で苦労して作ったわりにはさほど美味くもなかった夕食を終え、父さんはビールを、俺はりんごを食べながらお茶を飲んでいた。

その日のテレビは、彗星の最接近のニュースで持ちきりだった。

俺は星にも宇宙にも特段の興味なんかなかったけれど、千二百年周期で太陽を回っているとか、軌道長半径が百六十八億km以上とか、そういう人間とはぜんぜん違うスケールの現象が実はこの世界にはありふれているのだということは、なんだかすげえと思っていた。ばかみたいな感想だけれど、ぞくぞくするくらいにすごくて、同時に心臓が震えるくらいに怖いと、俺は思っていた。

『ご覧ください！』

突然に興奮した声で、実況中のアナウンサーが叫んだ。

『彗星が二つに分裂したように見えます。その周囲には……無数の流星が発生しているようです』

カメラがズームすると、東京の高層ビルを背景に、たしかに彗星が二股に分かれているように見えた。

流星群のような細い筋が、彗星の先端に現れては消えている。それは作りものめいた精

巧な美しさで、俺は思わず目を見張ったのだった。

＊　　　＊　　　＊

防災無線の放送に、突然、ガチャリ、と扉が開く音が混じった。

きゃっ、とサヤちんの短い悲鳴が聞こえ、続いて聞き覚えのある男性何人かの声がスピーカーから流れた。

『お前、なにしとるんや！』『早く切りなさい！』

ガタガタと椅子が倒れるような音があり、それからキィンと短いハウリングを残して、防災無線はぶつりと途切れた。

「サヤちん……！」私は立ち止まり、思わず声を上げた。

先生に、見つかったんだ。大粒の汗が思い出したみたいに噴き出して、ぼたぼたと音を立ててアスファルトに落ちる。ここは湖をぐるりと囲む県道で、役場や高校に続く道だ。高校に避難しようとしていた何人かの姿から、戸惑った声が聞こえてくる。「なんや、どういうことや？」

「え、なんかトラブル？」「避難、どうすんの？」

まずい、と思ったとたん、防災無線からふたたび声が流れた。

『こちらは、糸守町役場です』

サヤちんでも、サヤちんお姉さんでもない。これも時々聞いたことのある、役場の放送担当のおじさんだ。

『ただいま、事故状況を確認しています。町民の皆さまは、慌てず、その場で待機して、指示をお待ちください』

弾かれるように、私はまた駆け出す。

無線の発信元がバレて、役場から学校に連絡が行ったんだ。サヤちんが先生たちに問い詰められちゃう。テッシーだって、これじゃピンチだ。

『繰り返します。慌てず、その場で待機して、指示をお待ちください』

待機じゃだめだよ! こんな放送、やめさせなくちゃ!

私は県道から逸れて、アスファルトの隙間からやぶの茂った斜面に突っこんでいく。役場への近道。茂みの棘が生足をこすって、ずきずきと痛みが走る。蜘蛛の巣が顔に貼りつき、得体の知れない羽虫が口に入る。

ようやく斜面を下りきり、私はふたたびアスファルトに駆け出る。周囲には誰の姿も見あたら

ず、防災無線の声だけがその場での待機を伝え続けている。私は走りながら口に溜まったつばを吐き、汗と涙と蜘蛛の糸でベタつく顔を袖でぎゅっとぬぐう。もう脚に力が入らず、私はふらついている。それでも走る。下り坂で、スピードは落ちない。緩いカーブで、体がガードレールに近づいていく。その下は湖につながる斜面だ。

「……え!?」

違和感にふと目を向ける。湖が、淡く光っている。

私は走ったまま目を凝らす。

違う、水が光ってるんじゃなくて、凪いだ水面が空を映してるんだ。まるで鏡のように、湖には二本の光る尾が映り込んでいる。……二本? 私は空を見上げる。

——ああ、とうとう彗星が、

「……割れとる!」

* * *

俺はテレビのチャンネルを次々と切り替える。どの局でも、突如発生した予想外の天体ショーを、興奮した口ぶりで伝えている。

『たしかに、彗星が二つに分裂しています』

『これは事前の予想にはありませんでしたね』

『しかし、これは非常に幻想的な眺めです……』

『彗星の核が割れた、と断定して良いのでしょうか』

『潮汐力、ロシュ限界は超えていないはずですから、考えられるのは彗星内部でなんらかの異変が発生し――』

『まだ国立天文台からの発表はありませんが……』

『似たような事例では一九九四年のシューメーカー・レヴィ彗星が木星に落下、その際にはすくなくとも二十一個の破片に分裂したことが……』

『危険性はないんでしょうか？』

『彗星は氷の塊ですから、おそらく地表に到達する前に融解してしまうと思われます。また仮にこれが隕石となった場合でも、確率的には人間の居住地域に落下する可能性は非常に低く……』

225

『リアルタイムでの破片の軌道予測は困難で——』

『これほど壮麗な天体現象を目撃していること、また、日本がちょうど夜の時間帯であることは、この時代に生きる私たちにとってまさに千年に一度の幸運と言えるのではないでしょうか——』

それは夢の景色のように、ただひたすらに、美しい眺めだった。

無数のきらめく光が——まるで空にもうひとつの東京が覆い被さったように、そこにはあった。

近所の高台で、夜空を見上げた。

思わず椅子から立ち上がり、父さんにそう言ってマンションの階段を駆け下りた。

「俺、ちょっと見てくる！」

*   *

　*   *

*   *

二つに割れた彗星が、停電の町を迷子のように一人で走っている私の寂しさを、くっきりと浮

かび上がらせる。

——誰、誰。あの人は誰？

彗星から目を離せぬまま、落ち続けるように走り続けながら、私は必死に考える。

——大事な人。忘れちゃだめな人。忘れたくなかった人。

町役場までは、あとすこし。あの彗星が隕石となって落ちてくるまで、あとすこし。

——誰、誰。きみは誰？

最後の力をふりしぼる。　私はスピードを上げる。

——君の、名前は？

きゃっ！　と、思わず声が出た。

爪先がアスファルトのくぼみにはまり、転ぶ、と思った瞬間には、もう地面が目の先にあった。

顔をぶたれる衝撃があり、体がぐにゃりと回転し、突き刺すような痛みが広がり、視界が回り、

そして意識が、途切れた。

227

……
……

……でも。

君の声は、耳に届く。

「目が覚めてもお互い忘れないようにさ」

あの時君はそう言って、

「名前書いておこうぜ」

私の手に書いたんだ。

倒れたまま、私は目を開く。

ずきんずきんとにじむ視界に、私の握った右手がある。指を開く。

こわばっている。それでもすこしずつ、私は指を開いていく。

なにか、文字がある。目を凝らす。

すきだ

息が、一瞬とまる。私は立ち上がろうとする。力がうまく入らなくて、長い時間がかかる。それでも私の二本の脚は、もう一度アスファルトに立つ。そしてもう一度、手のひらを見る。いつか見たことのある懐かしい筆跡で、すきだ、とだけ書かれている。

……これじゃあ、と私は思う。涙が溢れて、視界がまたにじむ。私は泣きながら笑って、君に言う。

これじゃあ、名前、分かんないよ——。

そしてもう一度、全力で、走り出す。

もうなにも怖くない。もう誰も恐れない。もう私は寂しくない。

やっとわかったから。

私は恋をしている。私たちは恋をしている。

だから私たちは、ぜったいにまた出逢う。

だから生きる。

私は生き抜く。

たとえなにが起きても、たとえ星が落ちたって、私は生きる。

229

彗星の核が近地点で砕けることも、氷で覆われたその内部に巨大な岩塊がひそんでいたことも、事前には誰も予想できなかった。

町は、その日がちょうど秋祭りだったそうだ。　落下時刻は二十時四十二分。　衝突地点は、祭りの舞台でもあった宮水神社付近。

隕石落下により、神社を中心とした広範囲が瞬時に壊滅した。　衝撃により形成されたクレーターの直径はほぼ一km。そこに隣接していた湖の水が流れ込み、町の大半が湖に没してしまった。

糸守町は、人類史上最悪の隕石災害の舞台となったのだ。

＊　　　＊　　　＊

ひょうたん型の新糸守湖を眼下に見ながら、俺はそんなことを思い出していた。うっすらとした朝霧の中で太陽を反射するその姿はどこまでも静謐で、三年前にそんな惨劇の舞台だったとは

230

うまく想像できない。三年前に東京の空に見た彗星がこれをもたらしたということも、なんだか
うまく納得できない。

岩だらけの山頂に一人きりで、俺は立っている。

目が覚めたら、ここにいたのだ。

ふと、俺は右手を見る。手のひらに、書きかけのような一本の線がある。

「なんだ、これ……？」

俺は小さくつぶやく。

「俺、こんな場所で、なにしてたんだ？」

第八章

君の名は。

知らぬ間に身についてしまった癖がある。

たとえば、焦った時に首の後ろ側を触ること。顔を洗う時、鏡に映った自分の目を覗き込むこと。

急いでいる朝でも、玄関から出てひととき風景を眺めること。

それから、手のひらを意味もなく見つめること。

次は・代々木・よよぎ―。

合成音声がそう告げて、俺はまた、自分がそうしていたことに気づく。右手から視線をはずし、なにげなく窓の外を見る。減速しつつある窓の外を、ホームに立ったたくさんの人が流れていく。

突然、全身が総毛立った。

すこし遅れて、彼女だ、と思った。

ホームに彼女が立っていた。

停車し、ドアが開ききるのももどかしく、俺は電車から駆け出す。体ごと回すようにしてホーム中に視線を走らせる。

何人かの乗客が俺を不審げに見たまま通り過ぎていき、俺はようやく冷静になる。

別に探している人なんて誰もいないのだ。「彼女」とは、誰でもない。

これも知らぬ間に身についてしまった、たぶん、妙な癖だ。

気づけばふたたび、俺はホームに立ったままで手のひらを見つめている。そして、あとすこしだけ——と思う。

もうすこしだけでいい。あとすこしだけでいいから。

その先の望みがわからぬまま、でも俺は、いつからかなにかを願っている。

「御社を志望いたしました理由は、私が建物を——いえ、というか街の風景を、人の暮らしている風景全般を、好きだからです」

目の前の面接官四人の顔が、かすかに曇った。いやいや気のせいだ、と俺は思う。二次面接までこぎ着けたのは、この会社が最初だ。逃すわけにはいかねえぞ、と俺はあらためて気合いを入れる。

「昔から、そうでした。自分でも理由はよくわからないんですが、あの……とにかく好きなんです。つまり建物を眺めたり、そこで暮らしたり仕事をしている人たちを眺めたりすることが。だからカフェとかレストランとかにはよく通いました。バイトもさせてもらったり……」

「——なるほど」と、面接官の一人が柔らかくせき止めるように言う。「では飲食業界ではなく、なぜ建設業界を志望なさったのかを聴かせていただけませんか?」

そう訊いてきたのは四人の中でも唯一優しそうに見えた中年女性で、俺は見当違いの志望動機を喋っていたことにようやく気づく。着慣れないスーツの中で汗が噴き出す。

「それは……バイトの接客も楽しかったですけど、もっと大きなものに関わりたいというか

……」

もっと大きなもの? これじゃ中学生の回答だ。顔が赤くなっていくのが自分でも分かる。

「つまり……、東京だって、いつ消えてしまうか分からないと思うんです」

面接官たちの表情が今度こそ、はっきりと曇る。首の後ろを触っていたことに気づき、慌てて両手を膝の上に戻す。

「だからたとえ消えてしまっても、いえ、消えてしまうからこそ、記憶の中でも人をあたためてくれるような街作りを——」

234

ああ、だめだ。自分で言っていて意味不明だ。ここもまた落ちた。面接官の後ろにそびえる灰色の高層ビルにちらりと目をやりながら、俺は泣き出したいような気分で思った。

「で、面接、今日で何社目?」と高木に訊かれ、

「数えてねえよ」と、俺は憮然と答える。

司がやけに楽しそうに「受かる気がしないな」と言い、「お前が言うな!」と不機嫌に返す。

「スーツが似合わなすぎだからじゃね?」ニッと笑って高木が言う。

「お前らだって似たようなモンじゃねえか!」と俺は気色ばむ。

「俺、内定二社」と楽しそうに高木が言い、

「俺、八社」と見下したように司が言う。

「くっ……!」

返す言葉がない。コーヒーカップが、屈辱に震える手の先でカチカチと鳴る。

ぴろりん。

テーブルに置いたスマフォが音を立てた。俺はメッセージをチェックし、残ったコーヒーを一息で飲み干し、椅子を立った。

235

そういえば高校時代、このカフェには三人でよく来たな。ふとそう思い出したのは、司と高木に手を振って別れ、小走りで駅に向かい始めてからだった。あの頃は毎日気楽なもんだったよな。

将来だの就職だのを考える必要もなかったし、それになんだか、毎日がばかみたいに楽しかった。特にあの夏は――高校二年頃だったか、あの夏は本当に、とびきりに楽しかったような気がする。

目に映るものすべてに、俺はわくわくと心を躍らせていたような気がする。――なにがあったんだっけ、と俺は考え、いや別に特別なことなんてなにもなかった、と結論を出す。単に、箸が転んでもおかしいような年頃だったってだけか。

……いや、それは少女に対しての慣用句だったか。そんなことをぼんやりと考えながら、俺は地下鉄の階段を駆け下りた。

「おっ。就活中だね」

スマフォから顔を上げて俺のスーツ姿を見、奥寺先輩は笑って言う。夕方の四ツ谷駅前は、一日の仕事や学校から解放された人々のどこかのんびりとしたざわめきに満ちている。

「はは。まあ、だいぶ手こずってますけど」

俺の言葉を聞いて、先輩は「うーん」と唸って俺に顔を近づける。頭の上から爪先まで、なに

やら難しい顔で検分している。そして深刻そうに、先輩は言う。

「スーツが似合ってないからじゃない？」

「そっ……そんなに似合ってないすか!?」

俺は思わず自分の体を見おろす。

「やだなー、冗談だよっ！」

ころりと切り替わるように、満面の笑みで先輩が言う。

ちょっと歩こうよという先輩に付き合って、俺たちは新宿通りを大学生の波に逆らって歩き出した。紀尾井町を横切り、弁慶橋を渡った。街路樹が色づいていることに、俺は初めて気づく。奥寺先輩も、アッシュグレイのゆったりとしたコートをまとっていた。

すれ違う人々は半分くらいが薄手のコートを羽織っている。

「今日はどうしたんですか、急にメールなんて」

俺だけ季節に乗り遅れてるなと思いながら、隣を歩く先輩に訊く。

「なによ」グロスの唇を先輩は尖らせる。「用がなくちゃ連絡しちゃいけないの？」

「いやいやいや！」俺は慌てて手を振る。

「久しぶりに私に会えて嬉しいでしょう?」

「あ、はい、嬉しいっす」

俺の返事に満足そうな笑顔を見せて、先輩は言う。

「仕事でこっちまで来たから、ちょっと瀧くんの顔でも見ておこうと思ってね」

大手アパレルチェーンに勤める先輩は、今は千葉にある支店で働いているそうだ。郊外の生活もなかなか楽しいけれど、やっぱり東京はにぎやかで特別だねと、なんだか眩しそうに周囲を眺めながら先輩は話す。

ねえ見て、とふいに言われ、俺は顔を上げた。

歩道橋を渡る俺たちの目の高さに、家電量販店の街頭ビジョンがある。映し出されているのは、ひょうたん型の糸守湖の空撮映像と、「彗星災害から八年」という大きな文字。

「私たち、いつか糸守まで行ったことあったよね?」

遠い記憶を探るように目を細めて、先輩が言う。

「あれって、瀧くんがまだ高校生だったから……」

「五年前、かな」と俺は言葉を継ぐ。

「そんなに……」先輩は驚いたように小さく息をはく。「なんだか、いろいろと忘れちゃってる

な」

そうなんだよな、と俺も思う。

は当時の記憶を辿ろうとする。

高校二年の夏——いや、あれはちょうど今頃の季節、秋のはじめだった。

三人で、短い旅行をしたのだ。新幹線と特急を乗り継いで岐阜まで行き、ローカル線沿いの土地を目的もなく歩き回った。そうだ、県道沿いにぽつんと建っていたラーメン屋に入ったんだ。それから……それからの記憶が、まるで前世の記憶みたいに遠くぼやけている。けんかでもしたのだろうか、俺だけが、二人とは別行動を取ったことはなんとなく覚えている。一人でどこかの山に登り、そこで夜を明かし、翌日一人で東京に戻ったのだ。

そうだ——。あの時期、俺は彗星をめぐって起きたあの一連の出来事に、ひどく関心を引かれていたのだ。

彗星の破片が一つの町を破壊した、人類史上まれに見る自然災害。それなのに町の住民のほとんどが無事だったという、奇跡のような一夜。彗星落下のその日、糸守町では偶然にも町を挙げての避難訓練があり、町民の大半が被害範囲の外にいたというのだ。

あまりの偶然と幸運に、災害後は様々な噂が囁かれたことを覚えている。

未曾有の天体現象と、

239

歩道橋を降り、赤坂御用地に沿った外堀通りを歩きながら、俺

並外れた町民の幸運は、多くのメディアと人々の想像力を掻き立てるに十分だったのだ。糸守町の龍神伝説と彗星来訪を関連づけた民俗学めいたものから、避難を強行したという糸守町町長の強権発動を賞賛したり疑問視したりする政治的言説、さらには隕石落下は実は預言されたものだったとするオカルトめいたものまで、雑多で無責任な言葉が連日乱れ飛んでいた。そもそもが陸の孤島のような秘境然とした町だったことや、隕石落下の二時間ほど前には全域が停電していたらしいという奇妙な情報も、人々の憶測に拍車をかけていた。被災者の他地域への受け入れプログラムが一段落するまで世間のその熱狂は続き、しかし多くの事件と同様、やがて季節が終わるころには、糸守町の話題は巷間からゆっくりと消えていった。

それにしても——と俺はあらためて妙に思う。糸守町のスケッチ画まで、俺は何枚か描いていたのだ。しかも俺のあの熱病めいた興味は、彗星落下から何年か経ってから突然湧きあがったのだ。まるで遅れてやって来た彗星みたいに、突如俺を訪れ、跡形もなく去って行ったなにか。あれはいったい——

まあ、今さらいいか。今さらもう、どうでもいい。壁に書きつけるようにそう思う。よく覚えていない昔の出来事より、俺が考えるべきは来年の就職だ。

俺は思う。外堀通り沿いの高台から、夕闇に沈みつつある四谷の街を眺めながら、

240

風が出てきたね、と囁くように先輩が言い、彼女のウェーブがかった長い髪がふわりと持ち上がる。ずっと昔、ずっと遠いどこかでかいだような甘やかな匂いが、かすかに俺に届く。その香りに、条件反射のように俺の胸は切なく湿る。

「今日は付きあってくれてありがとう。ここまででいいよ」

学生時代にバイトをしていたイタリアンレストランで二人で夕食を食べ、「瀧くん、そういえば高校卒業したらおごってくれるって言ったよね?」という身に覚えのない謎約束により俺が先輩におごることになり、それでも俺はどこか誇らしい気持ちで支払いをし、駅の改札まで見送ろうとしたところで、そう言われた。

「それにしても私たちのバイト先って、あんなに美味しいお店だったんだね」

「バイトの時の賄い、給食みたいなもんばっかでしたもんね」

「何年も気づかなかったよね」

俺たちは笑う。先輩が気持ちよさそうに息を深く吸い、じゃあまたね、と言う。手を振る先輩の薬指に、細い水滴のような指輪が光っている。

君もいつか、ちゃんと、しあわせになりなさい。

私結婚するの、とエスプレッソを飲みながら告げた先輩は、その後で俺にそう言ったのだ。うまく返答ができずに、俺はもごもごとお祝いの言葉を口にしただけだった。

俺は別に、ふしあわせじゃない。歩道橋の階段を降りていく先輩のシルエットを見ながら、俺はそう思う。でも、しあわせがなにかも、まだよく分からない。

ふと、手のひらを俺は見る。不在だけが、そこには載っている。

もうすこしだけ――、と俺はまた思う。

気づけば、また季節が変わっていた。

やけに台風の多い秋が過ぎ、そこからなんの区切りもなく、冷たい雨ばかりの冬が来た。遠い

日のおしゃべりの記憶のように、今夜も雨の音がずっとひそやかに鳴っている。クリスマスのイルミネーションが、水滴で混み合った窓の向こうでちかちかと瞬いている。

俺は雑念を飲み込むように紙コップのコーヒーを一口飲み、あらためて手帳に目を落とす。手帳には、十二月になった今でも就活のスケジュールがびっしりと書き込まれている。

OB訪問、説明会、エントリー締め切り、ペーパー日程、面接予定。大手ゼネコンから設計事務所、下町工場まで、見境なしのラインナップに我ながらうんざりしつつ、スマフォのスケジューラーと手帳の文字を見比べる。明日以降の要点を整理して、手帳に書きつけていく。

――やっぱりもう一回、ブライダルフェア行っときたいなあ。

雨の音と混じると、知らない人の会話までがなんだか秘密めいて聞こえる。さっきから後ろのカップルが結婚式の相談をしていて、それは奥寺先輩を連想させるけれど、声と雰囲気がぜんぜん違う。どこかのんびりとした地方のなまりが混じっていて、その男女の会話には幼なじみめいた安心しきった空気が漂っている。二人の会話に、俺はなんとなく耳をとられる。

「もう一回？」うんざりしたように、でも声ににじむ親愛は隠しようもなく、男が応える。「ブライダルフェアなんて、もうさんざん行ったやろう。どこも似たようなもんやったやろ」

「いやなんかね、やっぱ神前式もいいかなって」

243

「お前、チャペルが夢だって言っとったに」

「だって一生に一度のことやもん、そんな簡単に決められんもん」

「でも決めたって言っとったよ、と男が小さく抗議し、俺はくすりとする。女はそれを無視し、

ん……、と思案声を漏らしている。

「それよりテッシーさぁ、式までにヒゲ剃ってよね」

コーヒーを飲もうとした俺の手が、ぴたりと止まる。

自分でも理由が分からないまま、鼓動が速くなっていく。

「私も三キロ痩せてあげるでさ」

「お前、ケーキ喰いながらそれ言うかぁ?」

「明日から本気出すの!」

ゆっくりと、俺は後ろを見る。

二人はすでに席から立ち上がり、コートに袖を通しているところだ。ひょろりと背の高い男が、坊主頭にニット帽をかぶる横顔だけがちらりと目に入る。女は小柄で、おかっぱの髪型がまるで学生のように幼げな印象だ。そのまま二人は背を向けて、店を出ていく。俺はなぜか、二人の背中から目をそらすことができない。「ありがとうございました」というカフェの店員の声が、雨

244

と混じって曖昧に耳に届く。

店を出る頃には、雨は雪に変わっていた。

大気にたっぷりと満ちた湿気のおかげか、雪の舞う街は妙に暖かく、俺は間違った季節に迷い込んでしまったような不安をふいに感じる。すれ違う一人ひとりに、なにか大切な秘密が隠されているような気がして、ついつい振り返って見てしまう。

その足で、閉館間際の区立図書館に入った。吹き抜けの広々とした空間にちらほらとしかいない閲覧客が、館内の空気を外よりも寒々しく感じさせる。椅子に座り、棚から持ってきた本を開く。

『消えた糸守町・全記録』と題された写真集だ。

古い封印をとくように、俺は一ページ一ページをゆっくりとめくっていく。

銀杏の木と小学校。湖を見おろす、神社の急な階段。塗りの剝げた鳥居。田畑に唐突に置かれた積み木みたいな、小さな踏切。だだっ広い駐車場、二軒並んだスナック、くすんだコンクリートの高校。古びてひびの入ったアスファルトの県道、くねくねと坂道に沿うガードレール、空を反射するビニールハウス。

それは日本のどこにでもある平凡な風景で、だからそのすべてに見覚えがある。石垣の温度も

245

風の冷たさも、まるで住んでいた場所のように思い浮かべることができる。

なぜこんなにも、と俺は思う。思いながらページをめくる。

今はもう存在しない町のあたりまえの風景に、なぜこんなにも、俺の心は苦しくなるのだろう。

＊　　　＊　　　＊

かつてとても強い気持ちで、俺はなにかを決心したことがある。

帰り道に誰かの窓灯りを見上げながら、コンビニで弁当に手を伸ばしながら、ほどけた靴の紐を結びなおしながら、そんなことをふと思い出す。

俺はかつて、なにかを決めたのだ。誰かと出逢って、いや、誰かと出逢うために、なにかを決めたのだ。

顔を洗って鏡を見つめながら、ゴミ出し場にビニール袋を置きながら、ビルの隙間の朝日に目を細めながら、俺はそう考え、苦笑する。

誰かとかなにかとか、結局なにも分かってねえじゃねえか。

面接会場の扉を閉めながら、でも、と俺は思う。

でも、俺は今ももがいている。大袈裟な言い方をしてしまえば、人生にもがいている。かつて俺が決めたことは、こういうことではなかったか。もがくこと。生きること。息を吸って歩くこと。走ること。食べること。結ぶこと。あたりまえの町の風景に涙をこぼしてしまうように、あたりまえに生きること。

あとすこしだけでいい、と俺は思う。

あとすこしでいい。もうすこしだけでいい。

なにを求めているのかもわからず、でも、俺はなにかを願い続けている。

あとすこしだけでいい。もうすこしだけでいい。

桜が咲いて散り、長い雨が街を洗い、白い雲が高く湧きあがり、葉が色づき、凍える風が吹く。

そしてまた桜が咲く。

日々は加速していく。

俺は大学を卒業し、なんとか手にした就職先で働いている。揺れる車から振り落とされないような必死さで、毎日を過ごしている。ほんのすこしずつだけれど、望んだ場所に近づいているように思える時もある。

朝、目を覚まし、右手をじっと見る。人差し指に、小さな水滴がのっている。ついさっきまで

247

の夢も、目尻を一瞬湿らせた涙も、気づけばもう乾いている。

あとすこしだけでいいから――、そう思いながら、俺はベッドから降りる。

あとすこしだけでいいから。

私はそう願いながら、鏡に向かって髪紐を結う。春物のスーツに袖を通す。アパートのドアを開け、目の前に広がる東京の風景をひととき眺める。駅の階段を登り、自動改札をくぐり、混み合った通勤の電車に乗る。人々の頭の向こうに見える小さな青空は、突き抜けるように澄んでいる。

あとすこしだけでいいから、と俺は願う。

俺は電車のドアに寄りかかり、外を見る。ビルの窓にも、車にも、歩道橋にも、人が溢れている。百人が乗った車輛、千人を運ぶ列車、その千本が流れる街。それを眺めながら、あとすこしだけでいいから、と俺は願う。

その瞬間、なんの前触れもなく、俺は出逢う。

とつぜんに、私は出逢う。

窓ガラスを挟んで手が届くほどの距離、併走する電車の中に、あの人が乗っている。私をまっすぐに見て、私と同じように、驚いて目を見開いている。そして私は、ずっと抱いていた願いを知る。

ほんの一メートルほど先に、彼女がいる。名前も知らない人なのに、彼女だと俺にはわかる。しかしお互いの電車はだんだんと離れていく。そして別の電車が俺たちの間に滑り込み、彼女の姿は見えなくなる。

でも俺は、自分の願いをようやく知る。

あとすこしだけでも、一緒にいたかった。

もうすこしだけでも、一緒にいたい。

停車した電車から駆けだし、俺は街を走っている。彼女の姿を探している。彼女も俺を探していると、俺は、確信している。

俺たちはかつて出逢ったことがある。いや、それは気のせいかもしれない。夢みたいな思い込

みかもしれない。前世のような妄想かもしれない。それでも、俺は、俺たちは、もうすこしだけ一緒にいたかったのだ。あとすこしだけでも、一緒にいたいのだ。

坂道を駆けながら、私は思う。どうして私は走っているのだろう。その答えも、たぶん、私は知っている。覚えてはいないけれど、私のからだぜんぶがそれを知っている。細い路地を曲がると、すとんと道が切れている。階段だ。そこまで歩き、見おろすと、彼がいる。

走り出したいのをこらえて、俺はゆっくりと階段を登り始める。花の匂いのする風が吹き、スーツを膨らませる。階段の上には、彼女が立っている。でもその姿を直視することができなくて、俺は目の端で彼女の気配だけをとらえている。その気配が、階段を降り始める。春の大気に、彼女の靴音がそっと差し込まれている。俺の心臓が、肋骨の中で跳ねている。

私たちは目を伏せたまま近づいていく。その瞬間、からだの内側で直接心を掴まれたように、そして言えぬまま、私たちはすれ違ってしまう。彼はなにも言わず、私もなにも言えない。そして言えぬまま、私の

250

全身がぎゅっと苦しくなる。こんなのは間違ってると、私は強くつよく思う。私たちが見知らぬ人同士だなんて、ぜったいに間違っている。宇宙の仕組みとか、命の法則みたいなものに反している。だから、

だから、俺は振り向く。まったく同じ速度で、彼女も俺を見る。彼女の長い髪が、夕陽みたいな色の紐で結ばれていることに、俺は気づく。全身が、かすかに震える。

やっと逢えた。やっと出逢えた。このままじゃ泣き出してしまいそう、そう思ったところで、私は自分がもう泣いていることに気付く。私の涙を見て、彼が笑う。私も泣きながら笑う。予感をたっぷり溶かしこんだ春の空気を、思いきり吸い込む。

そして俺たちは、同時に口を開く。

いっせーのーでタイミングをとりあう子どもみたいに、私たちは声をそろえる。

251

――君の、名前は、と。

初出

本書は『小説 君の名は。』（角川文庫 二〇一六年六月刊）
をもとに、漢字にふりがなをふり、読みやすくしたものです。

角川つばさ文庫

新海 誠／作
1973年長野県生まれ。アニメーション監督。2002年、ほぼ1人で制作した短編アニメーション『ほしのこえ』で注目を集め、以降『雲のむこう、約束の場所』『秒速5センチメートル』『星を追う子ども』『言の葉の庭』を発表し、国内外で数々の賞を受ける。自身の監督作をみずから小説化した『小説 秒速5センチメートル』『小説 言の葉の庭』も高く評価された。

「君の名は。」製作委員会／カバー絵

ちーこ／挿絵
千葉県在住。イラストレーター、デザイナー。可愛いものとレトロなものが大好きなうさぎさん派。

角川つばさ文庫　Cし1-1

君の名は。

作　新海 誠
カバー絵　「君の名は。」製作委員会
挿絵　ちーこ

2016年8月15日　初版発行
2017年6月10日　22版発行

発行者　郡司 聡
発　行　株式会社KADOKAWA
　　　　〒102-8177　東京都千代田区富士見2-13-3
　　　　電話　0570-002-301（カスタマーサポート・ナビダイヤル）
　　　　受付時間　9:00 ～ 17:00（土日 祝日 年末年始を除く）
　　　　http://www.kadokawa.co.jp/
印　刷　暁印刷
製　本　BBC
装　丁　ムシカゴグラフィクス

©Makoto Shinkai/2016「君の名は。」製作委員会
©Chi-ko 2016　Printed in Japan
ISBN978-4-04-631641-7　C8293　　N.D.C.913　254p　18cm

本書の無断複製（コピー、スキャン、デジタル化等）並びに無断複製物の譲渡及び配信は、著作権法上での例外を除き禁じられています。また、本書を代行業者などの第三者に依頼して複製する行為は、たとえ個人や家庭内での利用であっても一切認められておりません。

落丁・乱丁本は、送料小社負担にて、お取り替えいたします。KADOKAWA読者係までご連絡ください。
（古書店で購入したものについては、お取り替えできません）
電話　049-259-1100（9:00 ～ 17:00／土日、年末年始を除く）
〒354-0041　埼玉県入間郡三芳町藤久保550-1

読者のみなさまからのお便りをお待ちしています。下のあて先まで送ってね。
いただいたお便りは、編集部から著者へおわたしいたします。
〒102-8078　東京都千代田区富士見 1-8-19　角川つばさ文庫編集部

角川つばさ文庫発刊のことば

角川グループでは『セーラー服と機関銃』(81)、『時をかける少女』(83・06)、『ぼくらの七日間戦争』(88)、『リング』(98)、『ブレイブ・ストーリー』(06)、『バッテリー』(07)、『DIVE!!』(08)など、角川文庫と映像とのメディアミックスによって、「読書の楽しみ」を提供してきました。

角川文庫創刊60周年を期に、十代の読書体験を調べてみたところ、角川グループの発行するさまざまなジャンルの文庫が、小・中学校でたくさん読まれていることを知りました。

そこで、文庫を読む前のさらに若いみなさんに、スポーツやマンガやゲームと同じように「本を読むこと」を体験してもらいたいと「角川つばさ文庫」をつくりました。

読書は自転車と同じように、最初は少しの練習が必要です。しかし、読んでいく楽しさを知れば、どんな遠くの世界にも自分の速度で出かけることができます。それは、想像力という「つばさ」を手に入れたことにほかなりません。

「角川つばさ文庫」では、読者のみなさんといっしょに成長していける、新しい物語、新しいノンフィクション、角川グループのベストセラー、ライトノベル、ファンタジー、クラシックスなど、はば広いジャンルの物語に出会える「場」を、みなさんとつくっていきたいと考えています。

そこで体験する喜びや悲しみ、くやしさや恐ろしさは、本の世界で読んだ人の数だけ生まれる豊かな物語の世界。そこで体験する喜びや悲しみ、くやしさや恐ろしさは、本の世界の出来事ではありますが、みなさんの心を確実にゆさぶり、やがて知となり実となる「種」を残してくれるでしょう。

かつての角川文庫の読者がそうであったように、「角川つばさ文庫」の読者のみなさんが、その「種」から「21世紀のエンタテインメント」をつくっていってくれたなら、こんなにうれしいことはありません。

物語の世界を自分の「つばさ」で自由自在に飛び、自分で未来をきりひらいていってください。

ひらけば、どこへでも。

——角川つばさ文庫の願いです。

角川つばさ文庫編集部